KULTASIIPINEN ENKELI

Silloin hän oppi miten kuviteltu maailma muuttui todellista elämää tärkeämmäksi; silloin hän oppi maalailemaan kuvia jotka eivät olleet tosia eivätkä koskaan tosiksi tulisikaan ... mutta joiden oli tunnuttava todellistakin todellisimmilta; tarinan oli tunnuttava ainakin mahdolliselta.

John Irving: Oman elämänsä sankari

Tammi 1985

KIRSTI HAKOLA

KULTASIIPINEN ENKELI

Tositarinoita kohtalon oikuista

Kansi: Kirsti Hakola, enkeli: Suomen Kukkatarvike Oy

Kustantaja: BoD · Books on Demand,
Mannerheimintie 12 B, 00100 Helsinki, bod@bod.fi
Kirjapaino: Libri Plureos GmbH, Friedensallee 273,
22763 Hampuri, Saksa

ISBN: 978-952-80-9406-7

SISÄLLYS

NYT HÄN ON MENNYT

- Voi äiti-kulta, et sinä tänne kuole. Hoitavat sinut kuntoon samalla tavalla kuin ensimmäisenkin rintasyöpäsi, vakuutteli Piia vaikka kuinka monennen kerran uskomatta itsekään puheitaan. Siveli samalla luun laihaa kättä hajamielisenä ja katsoi äitiään silmiin. Silmät olivat painuneet syvälle kalpeisiin laihtuneisiin kasvoihin, katseesta puuttui loiste, tukkaa oli jäljellä muutama haiven, hampaat harvenneet.
- Höpsis, tunnen itseni. En jaksa enää. Mutta tänään minulla on sinulle juteltavaa. Pakko kerätä viimeiset voimat, korjasi Taina väsyneellä äänellä tyttärensä epärealistisen toiveikkaita puheita.

Taina ja Piia olivat eläneet mielenkiintoisen ja hyvän, tasapainoisesti iloisen elämän kahdestaan. Nuori, vasta 19-vuotias äiti ja pikkuinen, maitopurkin kokoinen tytär, jonka eloonjäämiseen monet eivät olleet uskoneet, olivat aloittaneet yhteisen taipaleensa Helsingin Käpylässä vuonna 1988. Aikana, jolloin Mauno Koivisto toimi toisen kautensa presidenttinä ja maailmassa tapahtui monenlaisia mullistuksia, muun muassa 94 ensimmäistä naispappia vihittiin Suomessa virkaansa, Juha Valjakkala surmasi kolmihenkisen ruotsalaisen perheen Åmselessa ja

Ramsteinin lentonäytöksessä Saksassa lentokone syöksyi katselijajoukkoon surmaten 46 ihmistä.

Taina oli ollut koko elämänsä heiveröinen, pieniluinen ja vikkelä, hänen raskauttaan ei aikanaan moni ollut huomannut. Pienen tyttären henkiinjääminen oli ollut LPuskomaton ihme myös Kätilöopiston henkilökunnalle. Ensiluokkainen hoito ja kehittynyt lääketiede olivat pelastaneet Piian elämälle, onnelliselle elämälle.

Nyt äiti ja tytär istuivat kuten niin usein aikaisemmin yhdessä, keskittyivät vain toisiinsa ja juttelivat hiljaisella äänellä. Kuulivat ja kuuntelivat toisiaan, niin oli heillä aina ollut. Piia oli pukeutunut farkkuihin ja tarkoituksella punaiseen tyylikkääseen puseroon, jos se piristäisi äitiä. Tuuhea tumma tukka oli kauniisti nykerretty rentoon kampaukseen. Äiti sai nähdä, että Piia huolehti itsestään vaikeinakin aikoina.

-   Minulla ei ole mitään kiirettä minnekään, on tässä koko päivä aikaa, niin että anna tulla vaan, yritti Piia keventää tunnelmaa ja istuutui keltaiseen upottavaan nojatuoliin.

Taina lepäsi saattohoitoon tarkoitetussa huoneessa, jossa oli kodinomainen varustus pitkäaikaisille vierailuille. Pehmeitä nojatuoleja, varavuode yöpymistä varten, oma kahvinkeitin ja vaihteleva lajitelma pikkuleipiä. Taustalla soi vaimeasti klassinen musiikki, nyt Brahmsia Tainan toiveiden mukaan. Aina oli vieraiden lupa tulla ja mennä, vierailuajat eivät koskeneet näitä potilaita ja heidän vieraitaan. Oli tärkeä saada vielä olla yhdessä.

- Niin, minun pitää jutella sinulle Ristosta. On pitänyt meistä hyvää huolta kaikkina vuosina, visiteerannut ahkerasti ja näyttänyt meille miehen ja isän mallin, hyvin on näyttänyt. Käynyt meillä joka joulu, tehnyt joulun, kertoili Taina verkkaisesti.
- Tottakai, Ristohan on ollut aina läsnä meidän elämässä. Siis koko minun elämäni ainakin. Ihana ja esimerkillinen ihminen. Luotettava ja vekkuli.
- Ai ai, nyt koskee kovin. Voitko painaa summeria, että saan lisää jotain kipulääkettä, mitä vaan kunhan tehoaa.
- Osaan minä käyttää tuota laitetta, annostelen lisää ihan heti, just nyt. Helpottaako yhtään?
- Juu, kyllä vähän. Niin kuulehan, Risto on kohta tulossa tänne. Taitaa olla viimeinen kerta, kun ollaan kaikki yhdessä.
- No, katsotaan rauhassa mitä tuleman pitää eikä maalailla piruja seinille. Mukava taas tavata Ristoa, iloitsi Piia ja kohenteli äitinsä vaaleansinistä peittoa, siveli tukan hiestyneitä haivenia ja paijasi valkeita poskia. Tulivat väkisin kyyneleet silmiin.
- Minähän en ole koskaan suostunut kertomaan, kuka sinun isäsi on Piia. Papinkirjoissakin lukee vain 'isä tuntematon'. Moni on sitä udellut, mutta

kun se ei kenellekään muulle kuulu kuin meille
kahdelle tai ehkä oikeastaan kolmelle, niin olen
jättänyt puheet sikseen.

Piiasta alkoi tuntua, että asia kävi liian raskaaksi äidille.
Olivat henkiset ja ruumiilliset voimat niin loppu, että oliko
tarpeen käydä selvittelemään kaukaista historiaa, jonka
kanssa ainakin Piia oli koko elämänsä voinut elää sulassa
sovussa. Mitä hyödytti enää avata suurta salaisuutta, joka ei
edes ollut enää mikään salaisuus, mutta sitä äiti ei tiennyt.

- No heippa, mitäs tänne kuuluu? kyseli iloisesti
  sirkuttaen hoitaja, joka hennon koputtelun
  jälkeen asteli reippaana huoneeseen tarkistamaan
  Tainan vointia ja mittareiden lukemia.
- Kiitos, ihan hyvää vaan, yritti Taina vastaukseksi.
  Ei häntä kukaan uskonut, ei uskonut itsekään.
- Tytär voi sitten painaa summeria, jos tarvitset lisää
  kipulääkettä, vahvisti hoitaja poistuessaan yhtä
  vikkelästi kuin oli tullutkin.

Taina halusi jatkaa, oli viimeinen mahdollisuus, mutta
Piian mielestä sai jo mielellään riittää.

- Kuule äiti-kulta, Risto ja minä ollaan tässä vuosien
  varrella puhuttu asia selväksi. Anteeksi vaan, sinun
  selkäsi takana, mutta silloin viisi vuotta sitten
  ensimmäisen rintasyöpäleikkauksesi aikana Risto
  oli niin ahdistunut, että halusi välttämättä

avautua. Kyllä minä tiedän, että hän on minun isäni, hän on sen minulle itse kertonut. Ja minä olen hänestä todella onnellinen. Ei sinun tarvitse enää muistella tuota asiaa, kaikki on selvääkin selvempää, vakuutti Piia pontevasti.

- Voi teitä höppänöitä, vai olette salaa minulta selvitelleet sukujuuria. Voi voi!
- Juu, anteeksi vaan. Mitään pahaa ei kyllä ole tarkoitettu.
- Kuuntelepa nyt tarkkaan. Kun minä olin 18-vuotias, rakastuin oikein tulisesti yhteen Erkkiin. Oli siinä semmoinen penteleen hurmuri, mainostoimiston omistaja, perheellinen, taiteilija, oikea taivaanrannan maalari. Paljon puhetta, unelmia ja valtavia haavekuvia eikä mitään tekoja. Lupasi ummet ja lammet, sinne vielä kultakalatkin. Odota hetki, nyt täytyy vähän hengähtää, taas alkaa hengitys rohista.
- Sitten alkuvuodesta 1988 se arvostettu asianajotoimisto, jossa minä silloin toimin sihteerinä, järjesti avainasiakkaille luksusmatkan Rodokselle. Minut pestattiin matkanjohtajan eli pomon sihteeriksi. Lähtöä edeltävänä päivänä Erkki lupasi tulla hyvästelemään minut. Meidän piti viettää romantillinen iltapäivä yhdessä, niin että minulla olisi ollut hyvä mieli lähteä Rodokselle. Odotin koko päivän, turhaan. Eipä mies tullut, olivat muka lapset estäneet. Pah! Olin niin loukkaantunut kuin vain voi olla. Kun

seuraavana aamuna aikaisin oli lähtö, otin jo
Seutulassa kevyet kännit loungessa, ilmaista viiniä
vaikka kuinka paljon ja vaikka minkä väristä.
Sehän minulle silloin maistui, väistyi hetkeksi paha
olo.

- Kuule äiti, jaksatko varmaan puhua noin
vanhoista ja raskaista asioista. Ei niiden
veivaaminen ainakaan minun kannalta ole
tarpeen, yritti Piia toppuutella äidin vaivalloista ja
katkeilevaa puhetta.

- Jaksan kyllä, kuuntele nyt vaan, mutta lisää taas
vähän kipulääkettä, taas koskee joka paikkaan. Se
viikko Rodoksella meni todella ala-arvoisesti. Olin
enemmän tai vähemmän humalassa koko ajan,
olin päättänyt kostaa Erkille. Jos ei hän välittänyt
minusta, en minäkään piittaisi mistään mitään.
Jaoin naisellisia sulojani ainakin kahdelle
paikalliselle tarjoilijalle, hurmaavia yhden illan
panoja olivat. En varmaan osannut toimia
mitenkään matkanjohtajan apulaisena, taisin
ainakin kerran olla pomon kanssa sängyssä, en ole
ihan varma. Yhtenä iltana koko porukka otti
totaalikännit ja siinä sitten tönittiin kaikki
toisemme vaatteet päällä hotellin uima-altaaseen.
Oli muka hauskaa, kyllähän se silloin nauratti,
mutta saatiin nuhteet hotellin henkilökunnalta,
jatkoi Taina vaivalloisesti muistelujaan.

Taina piti välillä taukoja ja näytti nukkuvan, peitto nousi ja laski hiljalleen. Silmät pysyivät kiinni ja vaivalloinen hengitys täytti huoneen.

- Oho, etkös sitten pelännyt, että minä syntyisin tummana, keskieurooppalaisen värisenä lapsena, mustatukkaisena ja pikisilmäisenä?
- En, sitä en pelännyt yhtään. Ei ollut syytä. Myös tuo meidän Risto oli matkassa mukana, varakkaan lääketehtaan varakkaana johtajana ja ainoana, joka piti minusta edes vähän huolta. Vakavin suhde minulla oli tietysti juuri Riston kanssa, me oltiin paljon yhdessä, aina kun vain muiden silmä vältti. Itse hänet vamppasin. Ei tiedä, miten minun olisi käynyt ilman Riston huolenpitoa. Olisin varmaan ryypännyt itseni kuoliaaksi, olin tosi huonossa jamassa koko ajan.

Välillä Taina nukahteli, välillä piti annostella lisää kipulääkettä, välillä avautuivat silmät etsimään Piiaa. Oliko muistelu ihan välttämätöntä, Piiasta ei tuntunut hyvälle. Hän oli kiusaantunut, mitä äidin nuoruuden järjettömät, tilapäiset sekoilut enää hänelle kuuluivat.

- Matkan jälkeen suhde Erkkiin lopahti luonnostaan, lops vaan. Otin yhteyden Ristoon, kerroin selvin sanoin, että odotin hänen lastaan. Ei mikään miellyttävä tieto, muttei voinut kovin suuri yllätyskään olla. Me tehtiin sitten Riston

kanssa herrasmiessopimus. Minä en vaadi isyyden
tunnustamista, mutta hän pitää meistä
taloudellisen huolen siihen saakka, kun sinulla on
hyvä ammatti. Jos taloudellisissa asioissa tulee
ongelmia, sopimus raukeaa ja isyys selvitetään
virallisesti. Hän ei missään tapauksessa halunnut
jäädä kiinni uskottomuudesta, salaisuus oli visusti
säilytettävä, asema ja maine myös. Hän tuntui
olevan oikeastaan iloinen raskaudestani.

-       Hienostihan kaikki on toiminut, Risto on pitänyt
meistä todella hyvän huolen, aina on ollut meidän
talous kunnossa, olen saanut korkealuokkaisen
koulutuksen Helsingin Kauppakorkeakoulussa,
ammatin ja vielä ihmissuhteen isä-kultaani,
summasi Piia äitinsä kättä sivellen.

Taina avasi silmänsä, katsoi Piiaa silmiin, hengitti
vaivalloisesti, hapuili kädellään mehua. Halusi kostuttaa
huulia.

-       Niinpä niin, ainoa juttu on, että ei Risto ole sinun
isäsi.
-       Mitä, ei minun isäni? Mehän ollaan ihan
samannäköisiä ja joka suhteessa samanlaisia. Olen
onnellisena katsellut, että siinä on minun isäni.
Kaukana, hiukan salaperäisesti mutta aina lähellä.
-       Juu, mutta niin se vaan on, ettei hän ole sinun
isäsi. Eikä hän tiedä sitä itsekään, luulee sinua
tyttärekseen. Saat itse kertoa hänelle totuuden, jos

haluat. Minä olen silloin jo kaukana muualla, en
tiedä missä, mutta jossain toisaalla. Ehkä
villuttelen teille pilven päältä, ehkä manalan
majoilta koputtelen jalkapohjianne.
- Nyt en kyllä ymmärrä yhtään. Jaksatko pikkuisen
  vielä raottaa asiaa?
- Yritän. Kun lähdin Rodokselle, olin jo raskaana,
  ihan alussa mutta testit näyttivät positiivista. Tein
  kolme testiä, kaikki positiivisia. Piti kertoa uutinen
  Erkille silloin ennen lähtöä, mutta kun ei äijä
  päässyt luokseni, jäi kertomatta. Koska olin
  raskaana, saatoin aika rennosti jaella naisellisia
  suloja matkalla, ihan kuin se olisi ollut kosto
  Erkille. Eipä tainnut tuntua missään. Siis Erkki oli
  isäsi, hän kuoli jo kymmenkunta vuotta sitten,
  mainostoimisto teki komean konkurssiin ja sen
  seurauksena Erkki meni deekikselle. En pitänyt
  häneen yhteyttä eikä hän tullut koskaan
  tietämään, että hänellä oli ihana tytär. Piia, sinä
  pikkuinen tyttäreni.
- Onks toi ihan totta? Tuntuu uskomattomalle,
  taivasteli Piia.
- Totta on joka sana. Eikä Risto tiedä, että olen
  koko elämäni ajan huijannut häntä. Hän oli
  matkan varakkain ja vastuullisin mies ja olisi
  todella hyvin voinut ollakin biologinen isäsi.
  Valehtelin lisää, että olit muka syntynyt keskosena.
  Se meni tietysti täydestä, koska henkiinjäämisesi
  oli hiuskarvan varassa, niin oli. Elämä on

kummallinen, se opettaa meille paljon, äärettömän
paljon. Olen oppinut rakastamaan Ristoa yhtä
paljon kuin sinua, eikä se ole vähän.

Piian oli pakko mennä ikkunan ääreen, aurinko paistoi
keskikesän juhlaa. Ajatukset risteilivät villisti, asia oli
yksinkertainen. Isä tuntematon tuttu, ei koskaan tavattu,
väärä isä, mutta kuitenkin erittäin oikea isä.

- Kohta Risto varmaan tulee tänne, niin on sovittu.
  Hän kyllä pitää sopimukset, sehän tiedetään.
  Vaadin aikanaan myös, että hän testamenttaa
  sinulle kaksion Helsingin keskustasta. Pari viikkoa
  sitten, kun sairauteni tila selvisi lopullisesti,
  muutettiin sopimusta sillä tavalla, että saat sen
  asunnon jo nyt. Ei tarvitse odottaa Riston
  kuolemaa, tulee näitä kuolemia joka tapauksessa.
  Nyt kyllä väsyttää...
- Herranjestas, tämähän menee ihan villiksi,
  ihmetteli Piia.

Ovi kävi, vankat miehen askeleet, kaikki kolme taas
yhdessä, hyvä olla näin. Taina, Piia ja Risto. Vielä hetki.

Risto ojensi Piialle lahjakirjan, kaksio Helsingissä,
muodollisuudet huolella hoidettu, ilmoitettu
isännöitsijälle, lahjaveroon rahat varattu, hakemus
Maanmittauslaitokselle osakkeen rekisteröintiä varten
tehty.

-    Kaikki paperit kunnossa, ole hyvä rakas Piia.
-    No mitenkäs täällä voidaan? kyseli paikalle pyrähtänyt pirteä hoitaja. - On isäkin tullut näköjään paikalle ja koko perhe on ihanasti yhdessä. Näkyy Taina nukkuvan sikeästi vai....

Toisen hoitajan saapuessa Tainan vuoteen ääreen oli kaikille selvää, että koneet olivat hiljenneet. Ei kuulunut hengityksen rahinaa, ei ollut silmissä katsetta, ei tuntenut käsi läheisten silitystä. Vain hiljaisuus ja ikuisuus.

-    Nyt hän on mennyt...

Piia ja Risto istuivat vielä pitkään Tainan luona käsi kädessä, kyyneleet silmissä. Piialla äidin suuri salaisuus syvällä sydämessä, totuus painoi, ahdisti.

Taina peiteltiin uuden uutukaisella valkoisella lakanalla, vähät hiukset kammattiin hellästi siistiksi, aseteltiin kädet kauniisti ristiin. Vaaleanpunainen neilikka rinnalle, kultaisella ristillä koristeltu valkea kynttilä pöydälle käsin nyplätyn pitsiliinan päälle palamaan ja ikkuna auki - jotta sielu pääsi vapauteen.

Nyt saattoi Taina lentää iäisyyteen, vapaana salaisuuden kahleista.

Piia sai perinnöksi uuden salaisuuden. ♠

PERINTEISET PERJANTAIT

Sade ropisi kotoisasti omakotitalon ikkunoihin. Oli ropissut jo monena päivänä, syysmyrskyt tuloillaan helteisen kesän jälkeen. Tuntui petokselta, tältäkö syksy todella tuntui. Epäreilua, taasko piti kärsiä vilua ja viimaa. Niinpä kai.

- Hei Ville, haluaisin vähän jutella. Olisi asiaa.
- Ai taasko? Justhan me höpistiin viime viikolla.
- Juu, siitä huolimatta. Ostin tätä varten tosi hyvän punkun. Jospa se vähän keventää tunnelmaa, avasi Sari keskustelun ja Cabernet-pullon katsoen kysyvästi sohvalla pötköttävää väsynyttä ja punasilmäistä Villeä.
- No sitten mä oon valmis ku Santeri sotaan. Kunhan ei vaan taas jauhettais siitä eilisestä. Se asiahan on vatvottu ympäri ämpäri jo moneen kertaan kaikkien näitten vuosien aikana.
- Siis jos olen oikein ymmärtänyt Ville, niin otat tätä punkkua.

Sarin perimät vaalean punaiseen vivahtavat kristallilasit olivat valmiina odottamassa punaviiniä olohuoneen huojuvalla Ikea-pöydällä. Asennus oli saanut Villen hermot pimahtamaan ja pari ruuvia oli jäänyt ylimääräisiksi, sai kelvata.

Seitsemän värikkään avioliittovuoden aikana Sari oli
oppinut, että ihan sama minkä merkkistä alkoholia oli, sen
varjolla Villen sai tekemään mitä vaan, ainakin lähes.
Vaikka juttelemaan. Muuten oli hankala saada mies
liikkeelle, takapuoli oli kuin ikiliimalla kiinni omassa
nojatuolissa tai jos oikein reippaili, saattoi mies siirtyä
sohvalle. Tietysti olutpullo kourassa ja toinen
näköetäisyydellä sihauttamista odottamassa. Kätevää, kun
ei tarvinnut niin usein jääkaapin saranoita vinguttaa.

- Jes söör. Kippaa sitten iso lasillinen! Tämä ei ole
  mikään maistelukurssi. Lupaan juoda kiltisti koko
  ison lasillisen enkä tippaakaan sylje pois.

Hyvä asento sinisessä, Sarin muotoihin muovautuneessa
nojatuolissa, kotimekkona punakukallinen Marimekon
Unikko, sinivihreät villasukat, jalat pörröisellä jalkarahilla.
Sari tunsi olevansa valmiina iänikuiseen aiheeseen,
perinteisiin perjantaihin.

- Kippistä vaan Ville, just siitä eilisestä, perjantaista
  haluan puhua. Ja nyt ihan oikeasti. Miksi aina käy
  noin? Miksi joka perjantai sama peli? Koita selittää
  ymmärrettävästi, niin että minäkin sen tajuan.

Villellä asuna virttyneet farkut ja harmaa Backstreet Boys
-teepaita. Paljaat varpaat ja kuin pisteenä iin päällä pitkät,
kellertävät varpaankynnet.

- Hyvä Sari, kuten oikein erinomaisesti tiedät, niin
  perjantai-illat on varattu kavereille. Ja silloin
  nautitaan elämästä, siis isolla ännällä. Tajuutsä!
  Kuinka monta kertaa tää tarttee sulle selittää ja
  veivata kuin vähäjärkiselle? Siis silloin nautitaan ja
  siihen kuuluu tottakai reipas kaljottelu. Eihän se
  muuten oo kivaa.
- Kun nyt mennään tuolle hyvä-veli -linjalle, niin
  hyvä Ville, en puhukaan siitä nautiskelusta, sehän
  on ihan ok...
- Hyvä, että edes jotain tajuat. Pojot sulle siitä!
- Jutellaan nyt ihan asiallisesti. Haluan tietää, miksi
  aina meille käy niin tosi huonosti, intti Sari ja
  asetteli punaviinipullon lattialle pöydän jalan
  viereen vanhasta tottumuksesta.

Keskustelun tuoksinassa pullo saattoi muutoin helposti
horjahtaa ja sotkea vaalean maton punaiseksi. Ihmetytti,
kun toiset pitivät varovaisuutta kieltolain tapaisena
piilotteluna. Ei varmasti mitään salailua. Puhdasta järkeä,
ettei hyvä aine kiivaan keskustelun tuoksinassa kaadu
pöydälle ja valu matolle, siinä Sarin kokemukset viisaudeksi
muuttuneina.

- Ennenku taas selitän sulle rautalangasta, niin paas
  kaataen lisää viiniä. Tää on kyllä ärhäkkää, hirveetä
  härän verta. Pakko sanoa, että rehellinen
  suomalainen Koffi on miljoona kertaa parempaa,

mutta ehkä tää onkin hienoisesti lakritsista,
viipyilevää, samettista, tanniinista, vähän
aprikoosiin vivahtavaa ja muuta skeidan skeidaa.
Niinhän te leidit pruukaatte hienostella. Höh,
sanon minä, lisää juotavaa ja heti, onhan lasissa
reunat!

Perintökristalli sai kyytiä, kun Ville nousi tuskastuneena
sohvalta ja heilutteli lasia Sarin edessä. Oli pinna kiristynyt,
ääni kohonnut ja silmät tapittivat vaativasti Saria.

-   Heti lisää, silvupläiskis ranskalaisittain, kai sä kieliä
    tajuut!

Vielä oli viinipullossa juomaa, se oli kokonaan Villeä
varten. Sari joi Villen huomaamatta tummanpunaista
mustaviinimarjamehua, vanhasta punaviinipullosta,
Cabernet-etiketti viekkaasti hämäyksenä.

-   Kuuntele nyt Ville. Haluan tietää, miksi joka
    ikinen perjantai olen roskiksesi, kaatopaikkasi?
    Saan kuulla humalaisen sopertelua, että
    kenelläkään muulla ei ole yhtä ymmärtämätöntä ja
    nuijaa muijaa kuin sinulla. Aina nalkuttamassa, ei
    ymmärrä rentoutumisen päälle mitään.
    Läskiksikin olen kuulemma muuttunut. Totta,
    vyötärölle on kertynyt senttejä, useitakin sen
    jälkeen, kun mentiin naimisiin. Sen voin kyllä

allekirjoittaa ja sen tiedän sanomattakin, selosti
Sari ja kaatoi Villelle lisää punaista janojuomaa.

- Voi sun helvetti, aina sama laulu. Ja tää punkku
  maistuu ihan paskalle, ootsä kussu tänne, sopersi
  Ville irvistellen ja kieli pitkänä.

Ei Sari sitä ollut tehnyt, vähän muuta kyllä. Piti juuri
puolustautua, kun puhelin keskeytti yhä henkevämmäksi
käyneen Villen nalkutuksen. Tuntui jo taas olevan viiniä
reilusti enemmän Villen päässä kuin järkeä.

- Ups, nyt äiti soittaa Espanjasta. Ihan pakko
  vastata, sori Ville.

Jäätyään eläkkeelle oli Sarin äiti pikapikaa karistanut
Suomen pölyt kannoiltaan ja muuttanut koleasta
kotimaasta. Uusi elämä etelässä oli ollut jo pitkään hänen
haaveenaan, alhaiset elinkustannukset ja aurinko. Mitä
ihminen eläkkeellä muuta tarvitsi. Ehkä joku moraaliton
gigolo silloin tällöin virkistämässä rypistynyttä kroppaa ja
kuiskimassa korvaan puuta heinää, joka ei ollut
uskottavaksi tarkoitettu. Sanahelinää aidoimmillaan. Ei
Sarin äiti vierasta kieltä paljoa ymmärtänyt ennen kuin
opiskelisi lisää espanjaa. Tyynyopiskelulle hän ei enää
antaisi mahdollisuuksia, nyt tuli opiskelun tapahtua ihan
muualla kuin makuuasennossa. Äiti kertoi
ilmoittautuneensa espanjan kielen kurssille, vasta-alkajille
tarkoitettu tehokurssi odotti. Paljon muutakin oli äidillä
Sarille kerrottavaa, koko ajan tapahtui kaikkia ihania ja

jännittäviä asioita. Mahtavaa olla lämpimässä, vähissä
hepeneissä ja niin suosittuna.

- Oli sekin puhelu! Sä vaan kuuntelit ja iloisesti
  myötäilit. Et sanonu paljon mitään. Olisipa mutsis
  nähny, kun vielä oikein pääliäs moneen kertaan
  nyökyttelit, tukka vaan heilahteli. Aina te ootte
  samaa mieltä kaikesta. Toi mutsis on sulle niin
  tärkee, että pitäiskös teidän oikein harkita
  naimisiin menoa. Huomaatkos, kun alkaa mulla
  runosuoni laulaa ja mielikuvitus lentää, kun saan
  vähän tota helvetin pahaa punaista verivettä. Se
  kehittää loistavia ideoita, pörisi Ville itseensä
  tyytyväisenä.
- Mennäänpäs asiaan Ville eli zur Sache kuten
  sakemanni sanoo...
- Voi piru, taas sä rupeet heittää noita kieliä. Ollaan
  sitä niin oppineita, niin, niin. Helvetti vieköön...
- Ville, niistä lyömisistä. Oletko huomannut, että ne
  pahenee ajan myötä selvästi? Lyöt minua joka
  perjantai kovemmin ja kovemmin, kyseli Sari
  katsoen Villeä suoraan silmiin.
- Höpö, höpö, ei ne oo jumalauta edes mitään
  kunnon lyöntejä, semmoista läpsimistä vaan,
  avokämmenellä. Mullahan on komeet muskelit,
  niistä sä oot aina tykänny. Ennen ihan kehuit,
  kuinka vahva sun ukkokultas on. Jaksoin
  kanniskella suakin ympäri huushollia, enää ei
  varmaan onnistuis, senkin pullukka.

- Läpsiminenkin on väärin, rikos jos kipeää tekee. Etkä sinä mitään läpsi, lyöt kuin vierasta sikaa. Ja sialta minusta tuntuukin.
- Mä en kestä, ku sä et oo yhtään samalla aaltopituudella. Et ymmärrä huumoria. Mökötät ja moitit aina vaan. Pitäähän sua vähän herätellä. Häh! Hitto vieköön, jos mä löisin oikein kunnolla, sähän et siitä helposti nousisi. Usko nyt hyvä nainen! Sä et tajuu voimalajeista mitään. Ihan pientä toi kaikki oikeesti on, puuskahteli Ville viinihörppyjen välissä.
- Kerropa sitten, mistä nämä mustelmat ovat syntyneet, entäs mustat silmät vuosien varrella ja kaikki muutkin jäljet. Ei tätä voi enää mitenkään kestää. Sinulla on iso ongelma alkoholin ja vihanhallinnan kanssa, ryöpytti Sari ja osoitteli uusia ja vanhoja, kaikenkirjavia mustelmia käsivarsissa, reisissä, ympäri kroppaa. Hameen helmaa oli helppo nostella.
- No ei varmasti ole mitään ongelmia mulla missään! Mä kuule hallitsen takuulla alkon käytön. Voisin lopettaa milloin vain haluun. Mutta kun juttu on siinä, että en haluu. Juominen on kivaa ja siitä tulee hyvä fiilis. Siis kavereiden kanssa, ei tietenkään sun kanssa. Mä tartten niitä rentoutusiltoja joka perjantai poikien kanssa jotta mä kestän sua! Ne on mun henkireikä. Ja totta helvetissä mä hallitsen myös nää komeet

muskelitkin, aina ja takuuvarmasti, uhosi Ville ja
pullisteli hauiksiaan.

Ville oli noussut sohvalta ja käveli kasvot punaisina, vihaa
puhkuen ympäri olohuonetta niin, että pöydän huterat
jalat heiluivat. Menivät kädet nyrkkiin, vaikka vähän taisi
yrittää itseään hillitä. Ettei sorru päivän puheenaiheeseen,
olisi noloa jäädä kiinni rysän päältä, lyömästä Saria.

- Siis Ville, taas ollaan samassa pisteessä mistä
  aloitettiin. Kumpikaan ei ymmärrä toistaan eikä
  mitään.
- Joo, niin on. Nää palaverit sun kanssa panee
  tosiaan vihaks. Kaada edes lisää sitä hirveetä viiniä,
  vaikka se on kyllä niin pahaa, ettei tämmöinen
  jätkämies sitä voi irvistelemättä juoda.
- Pullo on juotu, tyhjää kilisee. Ja taisi tämä
  palaverikin olla tässä. Ei mitään järkeä. Nukun ensi
  yön sohvalla ja saat öristä ihan yksi meidän
  sängyssä. Hyvää yötä vaan Ville.
- Oi kun nää hienot viinit väsyttää. Ja kyllä sä
  huomenna taas tykkäät musta ja mun muskeleista
  niin ku oot tykännyt kaikki nää vuodet. Mä oon
  loppujen lopuks ihan hyvä jätkä. Monta kertaa oot
  niin sanonu, mutta aina vasta seuraavana aamuna
  oot uskaltanut sen tunnustaa, ekaksi pitää mua
  haukkua. Ei oo tosiaan mitään järkeä missään.
  Hyvää yötä. Pakko nyt kaatua sänkyyn, sönkkäsi

Ville ja kömpi horjuen makuuhuoneeseen farkut puoliksi alas valahtaneina.

Jeps, tämä meni ihan niinkuin olin suunnitellut, hehkutti Sari mielessään. Sain Villen ärsyyntymään, ihan suuttumaan eikä siihen paljoa koskaan tarvittu. Ei keskustelussa ollut mitään mieltä eikä tulosta. Vanhoja löpinöitä vaan. Unilääke ensimmäisessä ja toisessa viinilasillisessa plus koko pullollinen punkkua takasivat Villelle varmuudella syvät unet moneksi tunniksi - se riittää varmuudella.

Heti hommiin! Tässä tummanpunainen passi, voimassa viideksi vuodeksi, check. Passilla nykyään matkustettiin, ei matkalippuja tarvinnut enää tulostella. Ei niitä Sari ollut tulostanut, jotta Ville ei vahingossakaan löytäisi mitään matkaan liittyviä papereita. Kaksi matkalaukkua täyteen sullottuina hellehepeneitä, valmiiksi pakattuina ja laukut vaatekaappiin piilotettuina, check. Kaikki tarpeellinen mukana, loput ostetaan perillä, mitä tarvitaan, check. Tilit tyhjennetty käteiseksi ja setelit mukana, check. Villelle vähän taskun pohjalle jätetty olohuoneen pöydälle, että oli tulevia perjantai-iltoja varten kaljarahat, check. Pärjäisi poika muutaman viikon niillä. Luottokortit leikattu, check. Ei päässyt kukaan nostojen perusteella jäljittämään minne matka suuntautui.

Nyt vikkelästi taksilla Seutulaan, aamuyöllä lähtisi kone Pariisin välilaskun kautta eteenpäin etelään. Oli aikataulutietojen mukaan ajoissa, check.

Sarin ystävä oli muutama kuukausi aikaisemmin perustanut Meksiko cityyn puhelinmyyntifirman, jonka palvelukseen Sari oli menossa, toimistopäälliköksi, luvat ja paperit valmiina. Yhteystiedot tallessa, check.

Ei äiti Espanjassa ollut, hämäystä Villelle, joka saattoi alkaa kohtapuoliin jäljittää naisia. Mitkään jäljet eivät johtaisi häntä Meksikoon. Rauhassa sai Ville suunnata nokka suorana väärään maahan, laajaan Espanjaan, jos kiinnosti.

Puhelimessa äiti oli kertonut, että oli juuri tutustunut lähemmin - oikeastaan erittäin läheisesti - paikalliseen baarin pitäjään. Oikein komea, mustatukkainen ja mukava mies, avulias, liukasliikkeinen, superseksikäs, puhui hiukan englantia ja tuntui luotettavalle. Oli luvannut auttaa pysyvän asunnon etsinnässä ja muutossa, vaikuttanut tosi vahvalle, lihakset kuin Schwarzeneggerillä. Miehellä oli vielä komeampi ja vahvempi poika, joka kuulemma innolla odotti Saria sinne saapuvaksi. Näin oli äiti kaiken ymmärtänyt heiveröisellä englannilla ja olemattomalla espanjalla.

Voi pyhä yksinkertaisuus, oli Sarin ainoa ajatus. Miten saisi taottua äidille järkeä päähän? Äiti, hyväuskoinen höppänä. Nyt vihdoin silmät auki, hyvä rouva! Komeat ja vahvat meksikaanit eivät saaneet temperamentillaan ja merkillisellä käsityksellään naisten alamaisuudesta pilata hyvin ansaittuja, huolettomia ja väkivallattomia eläkepäiviä. Kauniit puheet ja löyhät lupaukset suoraan bioroskikseen!

Jos äidin oli pakko ihastua ulkomaalaiseen kaksilahkeiseen, Sari valitsisi äidille kirjaviisaan, heiveröisen ja erittäin kielitaitoisen herran, mieluiten turistin, herrasmiehen, joka palaisi varmuudella kotiinsa, lupaisi kirjoitella ja soitella. Haihtuisivat mieluiten lentokoneen kerosiiniin iloisesti vilkutellen ja pysyvästi.

-   Lentokoneessa juon vaaleanpunaista samppanjaa, monta lasillista ja nautin elämästä. Perkuleen perinteiset perjantait saivat jo riittää. Ville oli aikanaan ollut ihan hyvä pakkaus, mutta oveluuskisan voittaja olen minä - ja se ratkaisee, naureskeli Sari astuessaan hymyssä suin ja kevein askelin lentokentälle vievään taksiin. ♠

LUSIKKALEIPIÄ JA KARJALANPIIRAKOITA

- Ei helvetin helvetti, tuus nyt Eila tänne
  katsomaan! huusi Matias yöpuvussaan, tohvelit
  jalassa ja tukka sekaisin.
- Kamalaa, kirkonmies ja käyttää tommoista kieltä.
  Otapa nyt rauhallisemmin, torui Eila ja kömpi
  makuuhuoneesta. Aamutakki repsotti auki ja
  tukka oli papiljoteilla edellisillan saunomisen
  jäljiltä.

Matiaksen tutisevissa käsissä oli vaaleanpunainen lappu,
käsin kirjoitettu, syvän sinisellä tussilla ja tikkukirjaimilla.
Oli Matiaksen ja Eilan pakko hakea silmälasit, oikein
lukulasit, jotta ei tulisi väärinkäsityksiä. Mutta ei, lappusen
sisällöstä ei voinut erehtyä. Allekirjoituksena luki selvääkin
selvemmin TYTTÄRENNE MAARIA.

- Voi kamalaa, ihan hirveää. Miten tämä nyt
  selitetään kaikille? Lusikkaleivät on jo valmiina,
  niitä sain väkertää koko eilisen päivän. Voi
  herranjestas. Ja kirkkokuoron naiset on leiponeet
  ainakin pari sataa karjalanpiirakkaa, ne on vissiin
  valmiita, parkui Eila kyyneleet silmissä ja kasvot
  lakananvalkeina.

- Ja kuoro on kutsuttu esiintymään, harjoiteltu
  paljon ja nyt on alkanut sujua. Kaikki turhaan.
  Mitä pahaa me on tehty? tuskaili Matias ja haroi jo
  valmiiksi sekaista tukkapehkoaan.

Keittiön pöydällä kulunut kukallinen kerniliina, pöydän
ääressä istui sanattomana Eila, kotirouva - Matiaksen
tahdosta - ja yritti saada asioita päässään järjestykseen.
Tummat silmänaluset ja permanentattu tukka kertoivat
omaa kieltään, heikosti nukuttu yö ja kampaajalla käynti
kohtapuoliin koittavan suuren perhejuhlan kunniaksi.

- Ai mitä pahaa me on tehty? Pastori on hyvä vaan
  ja katsoo peiliin, sopii katsoa tosi tarkasti. Taas
  eilen oli semmoinen riita ja räiske, että kylille asti
  kuului. Ajoit Maarian kotoa. Huusit kuin
  heikkopäinen ja kiljuit, että et enää halua asua
  saman katon alla ja että Maaria saa vikkelästi
  häipyä hornan tuuttiin ennen kuin itse heität
  hänet ulos. Tota me saatiin kuulla taas kerran,
  paasasi Eila ja tapitti itkettyneillä silmillään
  miestään, joka käveli keittiössä edestakaisin
  yöpuvun housujen kulunutta kuminauhaa
  nykien. Kohta saisi kuljeskella tykkänään ilman
  housuja.
- No mutta enhän minä sitä ihan kirjaimellisesti
  tarkoittanut, en tietenkään. Pitihän Maarian se
  tajuta, yritti Matias surkeasti selitellä.

Perheessä isä ei ymmärtänyt Maarian käytöstä yleisesti eikä erityisesti viime aikoina. Riitaa tuli milloin mistäkin, pienistä ja isoista asioista. Vaikea, ilmiselvä nuoren ihmisen murrosikä ja isän vanhoillinen asenne kasvatukseen eivät natsanneet yhteen, eivät milloinkaan. Rumat sanat, uhkaukset ja ilkeydet lentelivät kuin sankka naakkaparvi kesäkuumalla. Perheen herkkä idylli oli rikki, pahasti ja kuuluvasti, oli ollut jo kauan.

Maaria oli selvittänyt ylioppilaskirjoitukset kunnialla, loistavat arvosanat päästötodistuksessa, tulevaisuus selvillä. Toiveet eivät sopineet isän suunnitelmiin. Törmäsivät totaalisen vastakkaiset ajatukset ja päämäärät niin, että kipunat sinkoilivat. Eipä se ollut suuri yllätys.

Maaria oli jännittäjä, kova stressaamaan, herkkä punastumaan, ujo ja ihmisarka. Koulupsykologi oli yrittänyt lohdutella, että kaikki punastelivat varsinkin nuorena. Ehkä jooga tai meditaatio auttaisivat, itsetunto pitäisi saada kohoamaan ja sitä myöten rohkeus uusiin sosiaalisiin kontakteihin. Maarian mielestä ei ainakaan hänen perheensä käytöksellä itsetunto nousisi, kunhan selviäisi edes nykyisellä horjuvalla mielenterveydellä.

Maaria halusi tulevaisuuden ilman stressiä, tavallisen rauhanomaisen elämän, jossa ei tarvitsisi esiintyä eikä pelätä muita, ei pitäisi aina riidellä ja reuhtoa. Kirjailijaksi yksinäiseen pieneen saareen tai maalle, sitä hän suunnitteli, eläisi vaatimattomasti luonnon antimilla ja nauttisi rauhasta, hiljaisuudesta, kirjoittelusta, lukemisesta ja luonnosta, ehkä myös käsitöistä jos aika riittäisi. Ihanaa oli unelmissa. Mutta ei hän niin idealisti ollut, etteikö hän olisi ymmärtänyt, että kaikkeen tarvittiin jonkin verran rahaa. Ei ylenmäärin, vain sopivan riittävästi. Siispä hän opiskelisi kirjastonhoitajaksi, helposti ja nopeasti sujuisivat opinnot ja työn voisi hoitaa osa-aikaisesti, ainakin työajat olisivat lyhyet.

Kaiken Maaria oli jo perusteellisesti selvittänyt, suunnitelmat valmiina. Työ kirjastonhoitajana tarjoaisi kaikkea leppoisaa ja mukavaa, pitäisi puhua hiljaisella äänellä ja saisi yhtä hiljaisella äänellä neuvoa tiedonhaluisia, kilttejä lukutoukkia. Maailman miellyttävin ympäristö Maarian mielestä. Jonnekin kauas vanhemmistaan hän muuttaisi ja pysyisi siellä, saisi olla rauhassa eikä tarvitsisi päivittäin mieltään pahoittaa.

- Voi apua! Kävin tarkistamassa Maarian kaapin, kaikki vaatteet on poissa. Maariahan teki itselleen sen tyköistuvan vaaleanvihreän jakkupuvun, valkoisen pitsisen puseron siihen ja illaksi ihanan keltaisen illallispuvun. On kyllä todella taitava tekemään vaatteita, ei voi muuta sanoa. Juhlavaatteet ja kaikki muutkin vaatteet on poissa. Miten tästä nyt selvitään? Ei tälle voi mitenkään keksiä selityksiä, jupitti Eila kasvot kirjavina, ei jaksanut edes kuivata kyyneleitä poskiltaan.

- Voi piru sitä tyttöä! Minä en ainakaan rupea rukoilemaan takaisin, en varmasti, kun en ole mitään oikeasti pahaa tehnytkään. Itse on jatkuvasti oikutellut ja tahallaan järjestänyt meidät kaikkiin vaikeuksiin. Aina on vastahankaan, niin näsäviisas ja panemassa hanttiin. Sitä saa mitä tilaa! Oma on vikansa, senkin punasteleva älykkö. Ihan tahallaan valinnut tämän ajankohdan, jotta varmasti tulee mahdollisimman suuri ja julkinen häpeä meille, hänen vanhemmilleen, jotka on aina tarkoittaneet vain hänen parastaan, huusi Matias silmät kiinni ja verisuonet otsassa pullollaan.

Eila oli suunnitellut jo hyvissä ajoin istumajärjestyksen vajaan kahden viikon päästä pidettäviin lakkiaisiin, tilannut lisää tuoleja seurakunnan varastosta, pyytänyt suntiota apupojaksi järjestelyihin. Vieraita oli kutsuttu kuin suurempiinkin pippaloihin, sukulaiset, tuttavat, kirkkokuoro ja käsityökerho. Varattu seurakuntasali, se pienempi, säästetty rahaa jo kauan ja kärsitty unettomia öitä pari viime viikkoa. Kaiken piti sujua hienosti, se oli hänen ja Matiaksen toive, oli satsattu paljon. Olihan Maaria esikoinen, koulussa moneen kertaan palkittu, ison juhlan paikka. Kirjoitukset takana ja ylioppilaslakki ostettu. Uljas tulevaisuus oven aukaisun päässä. Ja nyt kaikki suunnitelmat pitäisi peruuttaa. Iso skandaali ja surkea nöyryytys vanhemmille.

- Sinä saat kyllä hoitaa peruuttamiset, kaikki vieraat, kaikki tilaukset ja kaikki tilat. Siinähän sinulla riittää peruutettavaa. Minä olen tähän ihan syytön, sadatteli Eila ja alkoi pikkuhiljaa keitellä aamukahveja ja kolistella kuppeja pöytään.
- No en varmaan ole yksin syypää! Koko ajan olet itse haukkunut selän takana Maarian huonoa käytöstä ja tottelemattomuutta. Eihän Maaria ole sinuakaan totellut, kun olet pyytänyt apua keittiöön. Lukemaan on vaan mennyt ja tainnut vielä niskojaan nakella. Siitähän sinä olet suuttunut monen monituista kertaa ja moittinut häntä, mutta et ole uskaltanut suoraan vaatia Maarialta mitään. Aina piiloutunut minun selkäni taakse, senkin pelkuri, paasasi Matias tuohtuneena vaimolleen.
- Höpö höpö, sinä hänet olet täältä ulos heittänyt, monta kertaa ja selvin sanoin suomeksi. Ihan niinkuin eilenkin. Sinä tämän sopan olet yksin keittänyt, hyvä herra pastori.

Maaria oli kirjoittanut vaaleanpuneiseen lappuseen, että hän oli lähtenyt lopullisesti eikä palaisi enää. Hän eläisi vastedes omaa itsenäistä elämäänsä ja vastaisi itsestään. Kiitti vaan ja heippa! Hän oli juonikkaasti harkinnut muuttonsa ajoituksen. Tunsi vanhempansa, eivät mitenkään kehtaisi peruuttaa suurisuuntaisia lakkiaisia, olivat pakkoraossa. Isän olisi kohta ryömittävä Maarian edessä. Makea tunne tyttären särjetyssä sielussa. Kerrankin hän oli voitolla ja selvästi!

Ensireaktion jälkeen Matias ja Eila, hylätyt ja väärinymmärretyt vanhemmat joutuivat täydellisen lamaannuksen valtaan. Paha mieli, paha olo, vain hiukkasen huono omatunto. Pikkuhiljaa mieleen hiipi muitakin tunteita kuin viha, epätoivo, loukkaantuminen ja epäoikeudenmukaisuus. Ajatukset eivät jättäneet rauhaan, tulisivat julki perheen sisäiset ristiriidat, jatkuva taistelu vallasta ja oikeassa olemisesta.

- Isä kuule, voisitko pyytää anteeksi Maarialta. Selittäisit, ettet mitään pahaa tarkoittanut, kiivastuit vain turhaan. Jos hän vaikka unohtaisi koko riidan. Voitaisi vielä pitää kivat lakkiaiset sovussa ja suunnitelmien mukaisesti. Niitä on odotettu niin pitkään, ehdotteli pikkuveli Luukas toiveikkaana ja silmät kirkkaina.

Luukas rukoili aina iltarukouksissa sopua, joka oli vain harvoin tarjoilla heidän perheessään. Hän oli kuunnellut isän ja Maarian riitoja paljon. Varsinkin viime kuukaudet olivat olleet raskaat, rumat sanat olivat sinkoilleet puolin ja toisin, normaalia keskustelua ei ollut syntynyt. Oli nähnyt monta kertaa, kun isä oli vihan vimmassa, ihan hillittömänä tarttunut Maariaa tukasta ja ravistellut kuin pikkulasta. Maarian päiväkirjassa oli tallella paljon revittyjä hiuksia. Muutamalle sivulle Maaria oli kirjoittanut

ironisesti, että lakkiaisiin hän jo tarvitsi peruukin, heh heh.
Luukas oli salaa lukenut päiväkirjaa ja yrittänyt poistaa
revittyjä hiuksia. Ei ollut onnistunut, niin tiukkaan oli
liimattu todistuskappaleet vastaista käyttöä varten. Ei
Luukasta naurattanut, itketti kyllä. Piti nieleskellä, ei pojat
itke.

- No en varmasti pyydä mitään anteeksi. Olen
  parhaani mukaan yrittänyt sopeutua hänen
  ylimielisyyteensä. On niin kaikkitietävä että.
  Täytyyhän hänen ymmärtää, että en minä koskaan
  ole tosissani tarkoittanut, että hänen pitäisi
  muuttaa pois kotoa. Jos on pakko, kyllä tässä
  pärjätään ilman lakkiaisia, korskeili isä.
- Eihän me haluta, että lakkiaiset perutaan. Hieno
  juhla tulossa ja Maaria on lakkiaisensa ansainnut.
  Jotain tarttee tehdä, että me voidaan juhlia, vaati
  pikkuinen Luukas ja kulki edestakaisin
  vanhempiensa välissä, maltillisena ja vakuuttavana,
  totinen lapsi ottamassa vastuuta umpisolmuun
  menneestä kotirauhasta.
- No kyllä minä tässä jotain keksin, ei minua noin
  vain lannisteta, vakuutti isä ja lähti kirjoittamaan
  sunnuntain saarnaa. Siitä tulisi väkevä ja hurskas.

Isä mietti miettimistään, oli lopulta pakko alistua, ei muuta
keksinyt - vaikkei nöyryytys kostamatta jäisi. Se oli varmaa.

Maaria oli suunnitellut tämän episodin täsmälleen näin
meneväksi. Täystyrmäys isäpapalle, pakollinen
anteeksipyyntö tuntui ansaitulta - ja lisää olisi tulossa.

Lakkiaisissa ensiluokkaiset karjalanpiirakat ja lusikkaleivät
saivat runsaasti kehuja, kaikki muutkin tarjoilut maistuivat
nälkäiselle juhlakansalle.

Laajassa ja jylisevässä onnittelupuheessa Matias kiitti
tytärtään esimerkillisestä koulutyöstä ja kodin
yhteishengestä, jolla nämä erinomaiset ja esimerkilliset
tulokset oli saavutettu. Hän toivoi tyttärelleen loistavaa
akateemista uraa, ehkäpä teologisessa tiedekunnassa - jos
hyvin kävisi. Suvun perinteet kunniaan. Koko
riemuitsevalle juhlaväelle pastori-isä toivotti lopuksi tavan
mukaan Korkeimman siunausta ja ilmoitti, että
epävirallinen ja leikkimielinen kolehti kerättiin Maarian
opintorahastoon. Sai raikuvat suosionosoitukset. Oi miten
hyvä ja ymmärtäväinen, viisas isä, tuntui risteilevän
juhlakansan mielessä päällimmäisenä. Kertyi kolehtiin
kahisevaa.

Maaria hymyili valtaisan tummanpunaisen ruusukimpun
takana helmihampaat loistaen, kiitti lyhyen korrektisti
rakasta perhettä, koko vieraskaartia ja pahoitteli, koska
hänen täytyi rientää uusien ylioppilaiden iltajuhliin
Casinolle.

Koitti juhlien jälkeen arki eikä kauaakaan, kun Maaria
pienen härnäyksen jälkeen sai taas isän verenpaineen
kipuamaan tähtitieteellisiin lukemiin. Yhteenotto syntyi
säpisten, oli salamana valmis, kiivas ja kovaääninen, samat
uhkaukset ja kiroukset kuin aina ennenkin.

Oli isä-Matias siten aikaisemmasta kohtauksesta
viisastunut, että toivottaessaan tuolloin Maarian taas
hornan tuuttiin, ei jättänyt toivotusta puolitiehen. Ei, ei,
aikaisempi nöyryytys oli kirkkaana mielessä. Hän vaihdatti
kodin ovien lukot. Eipä pääsisi Maaria enää takaisin vaikka
kuinka rukoilisi ja pyytelisi. Ei auttaisi mikään
anteeksipyyntökään, ei varmasti!

Maarialla oli jo iso ikävä pikkuiselle saarelleen, jonka hän oli
saanut ostetuksi säästö- ja stipendirahoillaan pilkkahintaan
kaukaa Kivijärveltä, keskisestä Suomesta. Oli ostanut salaa
heti lakkiaisten jälkeen, ei siitä perhe aavistanut mitään.
Kummisetä oli vinkannut ja auttanut suhteillaan, kuvat
kauniista järvimaisemasta ja somasta, vanhasta punaisesta
pikkumökistä olivat mainiosti riittäneet pikaisen
ostopäätöksen tekoon. Kummisetä, kiltti ja avulias, oli
kaikin tavoin rohkaissut ja tukenut Maariaa elämän
mutkissa, aina luotettavana ja ymmärtäväisenä. Hänen
seurassaan ei Maarian tarvinnut pelätä punan nousemista
kaulalle tai kasvoille.

Sisäänpääsy kirjastonhoitajan opintoihin oli varmistunut,
samoin koko tulevaisuus kaukana kotoa, luonnossa ja
rikkumattomassa rauhassa.

Saarikauppaan kuului myös oma soutuvene, tottakai. Pian
Maaria soutaisi saareensa nautinnollisen hitaasti, järvivesi
onnellisille kasvoille pisaroiden, ihailisi sinisenä välkehtivää
ja sydäntä lämmittävää järvimaisemaa, aloittaisi uuden
elämän. Repussa komeat kolehtirahat, isän piilosta
napatut.

Tasapeli. Kaikki voittivat - eikä kenelläkään ollut hyvä
mieli.♠

MARIANNEN MUISTOLLE

- Hei ystävät hyvät. Minulla on suru-uutisia.
  Anteeksi, itkettää niin kovasti, aloitti Irmeli
  seniorileidien kuukausitapaamisen Aleksanterin
  Teatterin jumppasalissa silmät punaisen
  itkettyneinä ja turvoksissa.

Oli "Vierivien Orvokkien" iskujoukko kerennyt jo paikalle,
yksitoista innokasta ja notkeaa voimistelijaa eteläisestä
Helsingistä. Irmelin lisäksi salin laidoilla istuivat Silja,
Sinikka, Riitta, Marja, Tekla, Vappu, Ritva, Terttu ja kaksi
Liisaa. Värikkäitä vuosia oli takana kymmeniä. Rento
naisryhmä eri aloilta ja eri taustoista, kokoontunut
nauttimaan voimistelun tuomasta kokonaisvaltaisesta
ilosta, tullut perinteisesti tapaamaan toisiaan ja vaihtamaan
sydämen asioita toinen toisilleen ja toinen toisiltaan.
Yhdessä oli eletty paljon, naisvoimistelun kisoja Suomessa
ja valtavia kansainvälisiä joukkonäytöksiä ympäri
Eurooppaa, harjoiteltu vimmatusti ja nautittu kisojen
kihelmöivästä tunnelmasta. Oli koettu sairauksia ja
menetyksiä, juhlittu syntymäpäiviä ja uusia syntymiä, surtu
menetyksiä ja moninaisia muita murheita.

Joka vuosi oli keski-ikä kohonnut enemmän kuin he
olisivat halunneet. Nyt se oli reilu 75 vuotta.

- No voi, ota rauhallisesti. Me odotellaan, eihän
  tässä ole hoppu minnekään, lohdutti Sinikka
  porukan vetäjää.

Kun Irmeliä itketti, tiesivät kaikki, että tosi oli kyseessä.
Hiljenivät odottamaan ja valmistautuivat pahimpaan. Sitä
oli tulossa.

- Viime viikolla on Marianne nukkunut ikiuneen,
  sai Irmeli kerrotuksi.

Isku, jota "Vierivät Orvokit" olivat osanneet odottaa ja
pelätä. Isku, johon he eivät olleet vielä rohjenneet
valmistautua, olisivatko koskaan uskaltautuneet. Kuolema,
aina yhtä yllätyksellinen, peruuttamaton paha.

Rintasyöpä, Mariannen sairaus, oli kohdannut useita
voimisteluryhmän jäseniä, vain muutama oli siltä
pirulaiselta säilynyt. Vuosien varrella he olivat saaneet
seurata hoitojen kehittymistä, kymmenien eri
rintasyöpämuotojen löytymistä, hoitojen erityyppisiä
haittoja, tukan ja kaiken karvoituksen lähtemistä,
pahoinvointeja ja vihdoin paranemisen tuomaa
siunauksellista elinvoiman palautumista, tukan kasvua ja
elämän jatkoajan alkua. Muutamat hautajaiset olivat
"Vierivät Orvokit" joutuneet vuosien varrella itkemään - ja
nyt olisi uusi, surujen suru taas edessä.

- Oliko se rintasyöpä vai mikä Mariannen lopulta
  vei? kyseli Sinikka kyynelten kostuttaman
  nenäliinan takaa nyyhkien.
- Joo, kuulemma oli levinnyt sisäelimiin, eivät enää
  tehonneet lääkkeet. Oli lääkitys lopetettu pari
  kuukautta sitten, ollut sen jälkeen palliatiivisessa
  hoidosssa. Ei ollut avautunut edes läheisilleen,
  vain mies oli tiennyt kohtalon. Marianne oli
  voinut suhteellisen hyvin monta kuukautta ilman
  lääkitystä. Ihmeellistä, kertoili Irmeli hiljaisella
  äänellä, verkkaisesti ja taukoja pitäen.

Marianne oli ollut ryhmän kantavia voimia yli 30 vuotta,
aina iloinen ja reipas, myös raskaiden rintasyöpähoitojen
aikana. Ei ollut ottanut proteesia menetetyn rinnan tilalle,
toivoi ihmisten pitävän enemmän hänestä kuin hänen
vasemmasta, tutkimukseen luovuttamasta rinnastaan. Tissi
sinne, toinen tänne, oli ollut hänen mottonsa. Oli
käyttänyt luontevasti hämäävää peruukkia ja ottanut
kevyen tatuoinnin menetettyjen kulmakarvojen tilalle.

- Voi miten sydäntä raastava uutinen. Luulin
  Mariannen jo selvinneen ja tervehtyneen
  kokonaan, niinhän myös meille monelle on
  käynyt. Mistä sait tämän suruviestin tietoosi, kuka
  sen sinulle kertoi? kyseli Terttu, myös vahva
  yhteishengen luoja ja ilon tuoja.
- Oikeastaan Pera sen kertoi, oli kuullut sen
  Teboilin baarin aamuparlamentissa. Pera, siis

ukkokultani. Oli kuulemma ollut mukana joku
Mariannen läheinen, olisiko ollut tyttären poika
vai kuka, joku sukulainen kumminkin. Siellä
parlamentissa pojjaat tietävät kaiken, mitä
lähistöllä tapahtuu.

- Kyllä oli surullinen uutinen. Vasta viikko sitten
  näin Mariannen kulkevan rollaattorin kanssa
  kauppaan, selosti Tekla, ryhmän nestori, aina
  mukana ja ensimmäisenä paikalla jumppavaatteita
  vaihtamassa.

Hiljainen hetki Mariannen muistolle vei ryhmäläiset
värikkäiden vuosien taakse, yhteisiin riemuihin ja
murheisiin, jokaisella omat kokemukset ja muistot,
poikkeuksetta lämpimät ja kunnioittavat. Nyyhkytykset ja
itkun pyrskähdykset pyrkivät väkisin valloilleen, saivat
kuulua ja näkyä. Vuorotellen kertoilivat ryhmäläiset iloisia
ja onnellisia muistoja, runsaasti niitä tuli mieleen, pulppusi
toinen toisensa jälkeen. Oli lohdullista muistella, vaikka
suru-uutisesta oli vasta vähän aikaa. Helppo jutella
menneistä, oli Marianne ollut jokaiselle läheinen ja
vaikuttava persoona, monessa mukisematta mukana.

- Anteeksi, kun olen ollut vähän hätäinen, mutta
  ostin jo tämmöisen suruadressin, Syöpäsäätiön
  hyväksi. Se on tässä mukanani, kun tiesin, että
  menee kuukausi ennen kuin ollaan taas yhdessä.
  Nyt tähän saisi hyvin kaikkien henkilökohtaiset
  viestit. Jos pidätte tätä sopivana ettekä

epakunnioittavana, niin voidaan kaikki
allekirjoittaa tämä adressi nyt ja valita samalla tuo
muistolause, selosti Irmeli aktiivisuuttaan anteeksi
pyydellen ja vihertävää, ruusukuvioista adressia
esitellen.

Muistolause oli helppo valita, henkilökohtaiset viestit
syntyivät luonnostaan, ja Irmeli sai jakamattomat kiitokset
toimeliaisuudesta. Tosi oli, että muutoin olisi kulunut liian
pitkään, jotta olisi voitu saada omat viestit adressiin. Paljon
oli sulateltavaa suru-uutisen jälkeen. Kirjoittaminen
helpotti hiukan, välitön kontakti Marianneen.

   - Sain Mariannen pojan osoitteen Fonecta
     Callerista, en häntä yhtään tunne. Huomasin, että
     postilaatikko tuossa teatterin edessä tyhjennetään
     puolen tunnin kuluttua, joten jos teille sopii,
     voisin kipaista tämän adressin saman tien
     postilaatikkoon. Sitten yritetään vähän venytellä ja
     jumpata. Siis jos passaa, yritti Irmeli luoda
     energiaa ja lohtua ryhmään.

Väljät rypistyneet paidat päälle, legginsit jalkaan,
säärystimet lämmittämään suonikohjuisia nilkkoja ja
pehmeät tossut esille, sitten tuttuja venyttelyjä ja
lämmittelyjä. Teki hyvää ruumiille ja sielulle.

Irmelin ohjatessa perinteisellä ammattitaidolla kevyttä
alkuvoimistelua alkoi käytävästä kuulua lähestyvää
rollaattorin kovaa kolinaa.

- Hei vaan kaikki tytöt! Täällä sitä näköjään
  ahkerasti jumpataan, ihan hiki pinnassa. Ajattelin
  tulla tervehtimään ja juttelemaan, kun osuin
  päivähurjastelulla tänne Aleksanterin Teatterin
  seutuville. Mutta kylläpä te näytätte
  kauhistuneilta, ihan kuin aaveen näkisitte. Ottakaa
  nyt ihan rauhallisesti, minä tässä vaan olen. Vanha
  ystävänne, vauhdilla ja tanakasti vanhenemassa
  päivä päivältä, huohotti Marianne sinisen
  rollaattorinsa takaa ja nyökkäili nauravaisesti
  jokaiselle Vierivälle Orvokille vuorotellen ja
  huomaavaisesti silmiin lämpimästi katsoen.

Sinkoilivat kaikkien ajatukset sinne tänne, veri pakeni
aivoista, liikkeet lukkiutuivat, pakko siristellä ja räpytellä
silmiä, mahdotonta löytää mitään sanottavaa. Oliko tämä
unta vai näköharha, kangastus vai holografia? Miten tämä
oli mahdollista? Oli hetki sitten surtu ja itketty Mariannea,
hiljainen hetki vietetty, muisteluja muisteltu, suruadressi
huolella kirjoitettu - ja postitettu, ei sitä pois saanut. Apua!

Yksi oli varma oivallus kaikille: Ei saanut enää uskoa
miesten puheita, ei ainakaan tarkistamatta, tarkistamatta ja
tarkistamatta! Ei koskaan!

Nyt tuossa edessä seisoi huojuen ja tiukasti rollaattorin kahvoista kiinni pitäen Marianne. Kalpeana mutta aina yhtä iloisena, peruukki hiukan kallellaan, takki 'juopon napituksessa', ihmettelemässä muiden kauhistuneita katseita. Selvästi siinä lihaa ja verta, elävä ihminen, perinteisesti punaisissa vaatteissa ja tukevissa saappaissa. Iloinen lempiväri valopilkkuna järkytyksen hetkellä.

-    No hei hei, olipa todellinen yllätys! Ihana nähdä sinua, yritti Irmeli selvitä tilanteesta enempiä änkyttämättä ja sanoissaan sekoilematta.

Muut naiset koettivat lähinnä olla pyörtymättä tai saamasta sydänkohtausta. Kävivät kukin vaihtamassa sanasen Mariannen kanssa, halailemassa ja toivottelemassa hyviä vointeja, tositarkoituksella todella. Hauraaksi ja heiveröiseksi oli Marianne jo käynyt, valkoinenkin oli melkein kuin poutapilvi. Saivat hetkeksi aikaan pientä, luontevaa totuttua jutustelua. Halasivat varoen.

-    Hei sitten kaikille, nyt tämä tyttö lähtee! Heippa vaan! Katsokaas, komeasti lähteekin! Nähdään taas, hyvästeli Marianne ystävänsä ja töpötteli rollaattorillaan pois lyhyen tervehdyskäyntinsä jälkeen.

Eivät tuntuneet jumppareiden jalat kantavan, eivät pysyneet naiset tolpillaan, oli pakko istahtaa salin lattialle ja hengitellä syvään, silmät kiinni ja kauan. Tuntui aika pysähtyneen, järki kaikonneen, päässä kaikki pyöri epätodellisena. Liikaa yhdelle päivälle, liikaa yhdelle jumppakerralle.

Kuten niin usein, asioilla oli tapana järjestyä. Tällä kertaa ennemmin kuin myöhemmin.

Muutaman päivän kuluttua Irmeli sai oikean uutisen Mariannen pojalta, että Marianne oli menehtynyt. Tiedot palliatiivisesta hoidosta olivat olleet oikeat, syöpä oli rajusti levinnyt sisäelimiin ja parantumattomaan tilaan. Tästä hyvin tietoisena Marianne oli halunnut hyvästellä ystävänsä, oli joko soitellut heille tai käynyt heidän luonaan visusti kertomatta, että oli lähtemässä pois ikuisiksi ajoiksi. Hän ei ollut halunnut järkyttää muita, ei pahoittaa heidän mieltään, ei muuttaa tapaamisten luonnetta. Ilolla vielä viimeinen kohtaaminen, niin oli elämän tarkoitus. Kyllä sitten oli aikaa itkulle myöhemmin, paljon myöhemmin oli sen vuoro. Surun aika ei loppunut, mutta yhteinen hyvä aika kävi vähiin, näin oli Marianne ajatellut viimeiseen hetkeensä saakka.

Irmeli ei tietenkään onnistunut pysäyttämään postilähetystä, mutta ei se haitannut, sillä Suomen Posti kärsi tuolloin suurista logistiikkaongelmista. Suruadressi tavoitti Mariannen pojan viikkojen kuluttua, hautajaisten jälkeen. ♠

KÄSI KÄDESSÄ HANKOON

Vaimea, tasaisen kaunosieluinen puheensorina leijui
Hangon kaupungintalon lämpiössä kuin kesäinen
poutapilvi, yhdisti toisilleen tuntemattomia kirjallisuuden
ystäviä, loi juhlavan ja kohottuneen tunnelman. Häivähdys
kulttuuria kaikille. Kahvin tuoksu, kahvikuppien ja
lusikoiden kilinä, kirjojen lehteily ja hillityt naurun
pyrskähdykset säestivät Hangon kirjallisuuspäivän
osanottajien kuljeskelua kaupungintalon yleisöä
pursuavassa lämpiössä. Paljon harmaatukkaisia, elegantisti
huoliteltuja ja vienosti hajuvedellle tuoksahtavia naisia,
muutama tyylikäs herrasmies joukossa. Oli kuultu vuoden
Finlandia-kirjoituskilpailun voittaneen kirjailija Sirpa
Kähkösen sydäntä lämmittävä ja hilpeä, leppoisa
haastattelu.

Ei voinut arvata lämpiössä kulkeva yleisö, ketkä kohta
istuisivat pyöreän pöydän ääressä, toisilleen
tuntemattomina ja toisistaan tietämättöminä.

Sivuuttaisivatko he toisensa kevyesti hipaisemalla,
aavistamatta toisistaan mitään, ymmärtämättä kaivata
toisiaan? Pelkkä kevyt ohitus ilman kontaktia. Kuin
valkopurjelaivat merellä, kohteliaasti ja muodollisesti,

rennolla käden heilautuksella hymyillen vastakkaisiin suuntiin. Loittoneva etäisyys, ei enää koskaan kohtaamista.

Koko valtaisa salaisuus samassa lämpiössä, missä Sirpa Kähkönen kuljeskeli rennosti yleisön joukossa, vastaili tuntemattomien arasteleviin kysymyksiin ja kirjoitteli kiireettä somia omistuskirjoituksia kirjojensa etulehdille.

- Olipa mielenkiintoinen haastattelu, niin elävästi kertoili Sirpa Kähkönen. Taitava sanankäyttäjä, eikö vaan. Olen täällä vähän vaimon, tämän Leenan pakottamana. Oho, ei kun innostamana. Vietetään pumpulihäitä, vuosi tuli täyteen ja haluttiin tulla juhlimaan sitä ihan Oulusta asti. Kun ei Leena ole näin etelässä aikaisemmin käynyt, aloitti keskustelun pöydän ääressä istuva vaaleatukkainen mies ja siirsi katseen vaimoonsa, vieressä istuvaan ja häntä ihannoivaan Leenaan.

Yksi harvoista kuulijakunnan nuorista, punatukkainen poika saman pöydän äärestä tarttui ilahtuneena keskusteluun.

- Todella, ainutlaatuinen haastattelu oli. Tuota juu, minä opiskelen suomen kieltä ja kirjallisuutta Helsingin yliopistossa ja olen tämän Kähköskän vannoutunut ihailija, lukenut koko Kuopio-sarjan. Anteeksi, kun käytän näin tuttavallista nimeä, mutta hän tuntuu aivan tutulta. Olemme molemmat alunperin Kuopion kasvatteja, vaikka oikeastaan olen viettänyt pääosan elämästäni täällä Hangossa. Ai niin, minun nimeni on Jesse Pärnänen.

- Meille tuli mahtavana yllätyksenä tämä hieno kirjallisuustapahtuma ja just meidän hääpäivänä. Näkyy olevan todella suosittu, kun kaupungintalo on pullollaan porukkaa. Ruuhkaa raitilla, naureskeli Leena.

- Juu, tulin moikkaan samalla kätevästi vanhempiani täällä Hangossa, mutta visiitin ajankohdan määräsi toki tämä kirjallisuuspäivä. Tästä on tullut oikein suosittu tapahtuma ja tänne saadaan aina vaan arvostetumpia esiintyjiä, kohta menen kuuntelemaan vielä Virpi Hämeen-Anttilaa, jatkoi Jesse innoissaan.

- Anteeksi, olisiko tässä tilaa? Hyvää päivää, olen Maire Juutinen, sanoi huoliteltu, punertavatukkainen rouvashenkilö, joka samalla istuutui ainoalle pyöreän pöydän vapaalle tuolille. Hajamielisenä ympäriinsä pälyillen ja selvästi vastausta odottamatta.

Siinä he nyt istuivat, muun yleisön keskellä täpötäydessä lämpiössä tammipuisen pyöreän pöydän ääressä, keskenään läheiset, toisilleen tuntemattomat. Kahvitauolla yhdessä virkistäytymässä. Käden mitan päässä toisistaan. Niin lähekkäin ja kuitenkin niin kaukana. Kahvikupposet

edessään, äidillä sen kanssa lohipiirakka, isällä ja pojalla
marengilla kuorrutettu juustokakun kolmio.

Viimeksi istahtaneen Mairen katse etsiskeli naapuria, jonka
pyynnöstä hän oli lähtenyt ajamaan Inkoosta. Ei olisi
naapurin kiltti Lydia muuten päässyt matkaan,
huonojalkainen kun oli, intohimoinen lukija ja Kähkösen
ihailija. Mielellään Maire häntä auttoi, pääsi itsekin
tuulettumaan.

- Jos satutte näkemään punapukuisen rouvan, joka
  kulkee kävelykepin kanssa, voisitteko vinkata
  tänne päin. Olemme naapuruksia ja samalla
  kyydillä. Kohta voitaisi jo suunnistaa kotia kohti.
  Hänellä on kissamaiset, punasankaiset silmälasit ja
  hän on aika vahvasti meikattu, näkyvä ilmestys.
  Ai, ai, ovatpa herkullisia lohileipiä osanneet tehdä,
  varmaan tosi tuoretta kalaa, kiitteli Maire
  mutustelun ohessa ja jatkoi yleisön tutkailemista.

Keskustelun avannut vaaleatukkainen herrasmies Oulusta
jähmettyi. Hän kuuli naisen äänen, havahtui ajatuksistaan,
nosti katseensa juustokakusta. Tuo puhe, tuttu sointi,
sama ääni. Myös häivähdys samaa näköä. Voisiko olla
mahdollista, ei kai - tai ehkä sittenkin. Jospa kuitenkin,
pohti mies järkytyksestä sanattomana, hämmennyksestä
mykkänä. Hän ei ollut vielä esittäytynyt pöytäseurueelle.
Jukka Nordström, jonka mielenrauha oli nyt murtumassa
pauhaten kuin jäiden lähtö Saimaalla.

- Hei, pitäiskö mennä ostamaan tuo Sirpa
  Kähkösen '36 uurnaa'? olisi nyt tarjouksessa. Vain
  20 euroa ja saisi omistuskirjoituksen, kyseli
  Leena-vaimo ja yritti herättää miehensä huomion.

Ei mennyt kysymys perille, Jukan ohi liiteli ja lujaa. Ei
tullut vastausta. Muissa maailmoissa risteili miehen mieli,
entisessä elämässään, tapahtumissa 23 vuotta sitten. Pää
pyörällä, rakkaita muistoja selaillen.

Lohileipä kesken, puoliksi juotu kahvi. Niitä ei Maire
huomannut. Hyvänen herttinen sentään, hänen silmänsä
olivat osuneet vastapäiseen, vaaleatukkaiseen mieheen.
Voiko hän olla se, ei kai sentään Jukka. Mutta entä jos
kuitenkin. Paljon samaa näköä ja oloa, selvästi ainakin
vanhentunut. Ei kai, mutta mitä enemmän uskalsi katsoa,
aina varmempi tunne tuli. Mikähän tuon miehen nimi....Ei
väliä, pakko tehdä ratkaisu salamana. Nopeasti, turvaan ja
heti pois, jos kuitenkin on sama mies. Se petturi ja
valehtelija, jonka yhteydenottoa hän oli Ranskassa
odottanut käsi kännykällä ja vedet silmissä. Oli luottanut,
ollut varma pirinästä, kohta se soi. Mutta maailma
romahtanut hiljaisuuteen viikkojen, kuukausien kuluessa.
Nyt ei voinut riskeerata. Pois pöydästä ja heti!

- Kiitos vaan, taitaa olla parempi, että lähden itse
  etsimään naapurin rouvaa. Voi olla vaikka eksynyt
  tässä väentungoksessa, on jo ikääkin. Mukavaa

päivän jatkoa teille, hyvästeli Maire puolipaniikissa hätäisesti noustessaan niin, että tuolin jalka vingahti lattiaa vasten.

Jukan katse nauliintuneena Maireen, ajatukset katkenneina, sanat sotkeutuneina toisiinsa kuin humalaiset vappuyössä. Muistot vyöryivät vuosien taakse, vuoden 2001 alkupäiviin. Siihen pitkään, ihanaan viikonloppuun opiskeluaikojen alussa Helsingissä. Karaoke-ilta kaveriporukassa Pataässässä, kuuluisassa helsinkiläisessä karaokebaarissa, ja naapuripöydässä neitokaisparvi, siellä kaunis punatukkainen Maire. Rakkautta ensi laulun tahdeissa, heti lämmin läheisyys, tuliset tunteet. Maire joutui molempien suruksi lähtemään Ranskaan yhteisen unelmien täytteisen viikonlopun jälkeen, stipendiaatiksi Sorbonnen yliopistoon. Katosi sitten maailmalle, ehkä ei koskaan palannut Suomeen - vai olisiko nyt tuossa, piipahtanut kepeästi kahvilla. Jotain samaa, paljon tutun tuntua. Voiko kohtalo kiusata noin, ensin antaa, sitten ottaa ja taas antaa riuhtaistakseen heti pois, näkymättömiin.

Miksi Jukka oli aikanaan sallinut itsensä nukahtaa linja-autoon matkalla Seutulasta Helsinkiin, umpirakastuneena ja onnesta uuvahtaneena. Kun bussikuski oli päätepysäkillä tullut herättämään hänet, oli kuin salama olisi iskenyt suoraan sydämeen. Heti oli tuntenut, että kännykkä ja lompakko oli varastettu takataskusta. Jukka oli ollut saattamassa Mairen Pariisin

lennolle, simahtanut sikiuneen heti, kun linja-auto -
pullollaan porukkaa ja laukkuja - oli startannut. Ja niin oli
tungoksessa kaikki Mairen yhteystiedot anastettu
vieraaseen taskuun. Päätyneet hylättyinä johonkin
roskakoriin tai mihin lie taivaan tuuliin. Ei toivoakaan, että
Jukka enää saisi ne takaisin.

Kevään, kesän ja syksyn Jukka suuntasi joka torstai
kulkunsa Pataässään, toivoi ja odotti. Istui illat ja odotti.
Välillä menivät kädet ristiin, ei hän muutoin rukoillut.
Yritti onnettomana tahdonvoimallaan saada Mairen
ilmestymään ovesta. Turhaan. Itsesyytösten määrä oli
pohjaton, mittaamaton. Mairen kanssa hän oli kokenut
molemminpuoleisen läheisyyden, luottamuksen. Vahvat
tunteet, kuin manillaköydet, niin pitävät ja kestävät.
Rakastunut joka solullaan, kaikella ymmärryksellään. Oli
halunnut kuulua Mairen sydämeen, hengittää ja jakaa
elämän hänen kanssaan. Tuntui omituiselle, että näin
syvästi voi tuntea lyhyen kohtaamisen jälkeen, mutta kyllä
voi! Siitä Jukka oli vuorenvarma. Pikkuhiljaa syksyn
sateisiin sortui Jukan unelma onnesta kuten samaan aikaan
sortuivat WTC-tornit New Yorkissa.

Ei elonmerkkejä Mairesta. Ei enää toivoa. Alkoi
uppoutuminen opiskeluun, opiskeluun, töihin, töihin,
muutto Ouluun, oma asianajotoimisto, työtä, työtä, rahaa,
rahaa, paljon rahaa. Satunnaisia heppoisia ja tyhjiä
irtosuhteita, tuomittuja sammumaan aamuauringon
noustessa. Heippa ja soitellaan. Ei soiteltu.

Vuodet hioivat muistot. Pikkuhiljaa Jukka uskalsi elää,
antoi tunteiden lämmetä, silmien kirkastua, mielen
avautua läheisyydelle. Hän huomasi uskollisen sihteerinsä,
Leenan. Nyt he olivat olleet vuoden naimisissa, vihdoinkin
Leenan mielestä. Ihan hyvä näin. Juhlat jatkukoot pitkään,
toivoi Leena näistä elämän suurista arpajaisista.

-       Löytyihän tämä punatulkku ihmisvilinästä.
        Lähdetään yhdessä Inkooseen, huikkasi Maire
        pöytäseurueelle kipittäessään vauhdilla pyöreän
        pöydän ohi naapurin rouvaa käsikynkässä
        taluttaen.

Mairen oli liikuttava vikkelästi, pois vaalean miehen
näköpiiristä, varmuuden vuoksi, karkuun muistoja. Alas,
ulos ja autolle, parkkipaikalle kaupungintalon eteen.
Helposti löytyi auto. Heti tien päälle kaasu pohjassa kuin
Monzan radalla. Kädet tiukasti ratissa, ajatukset sikin sokin
muistoissa, mielessä vaalea mies tammipöydän ääressä - ja
Ranska.

Suru puhkesi sanoiksi. Oli vaaleatukkainen mies nostanut
muistot mieleen, jo kauan sitten pois painetut.
Punapukuinen, elämää nähnyt ja laajasieluinen Lydia
kuunteli. Kyyneltyivät silmät, voitti surumieli.

-       Kun lähdin silloin alkuvuonna 2001 Ranskaan
        kevätlukukaudeksi, olin yllättäen raskaana. Olin

viettänyt Helsingissä ihanan, romanttisen
viikonlopun oikeustieteen opiskelija Jukka
Nordströmin kanssa. Meidän poika syntyi sitten
WTC-terrori-iskun päivänä 11.9. Synnytin hänet
todella erikoisesti, nimettömänä Pariisissa. Kuulin
sattumalta sellaisesta mahdollisuudesta ja heti
päätin, että kukaan ei saa tietää minusta eikä
lapsesta, koska se Jukka oli niin raukkamaisesti
pettänyt minut. Jättänyt kaiken yhteydenpidon,
vaikka oli vakaasti vannonut toisin. Minusta
meillä oli rakkautta isolla ärrällä. Jukka saattoi
minut Seutulan lentokentälle. Sen jälkeen en ole
kuullut enkä nähnyt miehestä vilaustakaan.

Vaihtuivat maisemat, ohi vilisivät tuulimyllyt, keväiset
mäntymetsät, valvontakamerat. Oli välillä autossa hiljaista,
pitkiä aikoja. Ei kumpikaan tarvinnut sanoja.

- Olin totaalisen varma, että Jukka ottaa yhteyden ja
  pian, niin hyvä meillä oli yhdessä. Yhteystiedot
  hänen kännykkäänsä sydämen kera ja varmuuden
  vuoksi paperille lompakkoon. Haluttiin olla
  jykevällä pohjalla, kuin graniittinen peruskallio.
  Kun mitään ei sitten kuulunutkaan, olin niin
  maassa kuin vain ihminen voi olla. Ja siis todella
  raskaana. Vieläkin menee iho kananlihalle.
  Sairaalassa tein paperit, että luovutan lapsen heti
  adoptioon, sitä en epäröinyt sekuntiakaan.
  Laitoksessa toimi samaan aikaan harjoittelijana

suomalainen nainen, ihana ihminen, taitava lääkäri, jo pitkään lapseton. Unelmoin joskus, että hän sai adoptoitua poikamme. Sitä hän ainakin kertoi yrittävänsä. Salainen toiveeni oli, että lapsi saisi elää Suomessa. En paljon väärässä ollutkaan, nythän tämä on maailman onnellisin maa, naurahti Maire hiljaisella äänellä, muistot vereslihalla sydämessä. Taas pintaan väkisin nousseet.

- Nimeäni ei ole sairaalan tiedostoissa. Olen rouva numero 372, enkä muuta. Kuin jossain Tinderissä vai ollaanko siellä nimellä, en tiedä. Operaatiossa jotain meni pieleen, sillä en voinut enää saada lapsia. Sitä kovasti toivoimme Heikin kanssa. Hän kuoli jo monta vuotta sitten syöpään. Oli minulle hyvä mies. Hänen sukunimeään kannan tietysti vieläkin.

- No voi sinua, liian surullista. Kova kohtalo, pohdiskeli Lydia kostunutta pitsinenäliinaa puristellen.

- Siinä oli elämäni lyhyt historia. Huh, tuntuupa hyvälle, kun olen saanut avata sydämeni. Lukko on ollut kiinni ja ruosteessa liian kauan, kaivertanut kipua rintaan, huokaisi Maire helpottuneena.

- Onko mitään tietoa, missä poikasi nyt on? kyseli Lydia.

- Ei mitään. En tiedä edes missä päin maailmaa
  mahtaa olla. Eikä hänkään saa minua koskaan
  selville.

Vaipuivat omiin ajatuksiinsa, huokausten äärettömään
maailmaan. Kohta koittaisi Inkoo, Maire voisi painaa
surulliset muistot pois mielestä.

- Huomasitkos Maire-kulta, kun se vaalea mies
  pyöreästä pöydästä näytti juoksevan parkkipaikan
  suuntaan, ihan kuin hänellä olisi ollut jotain asiaa
  meille. Siltä vaikutti. Nämä minun silmäni on jo
  vähän kehnot, vaikka on punaiset prillitkin. Sinä
  kaasutit tosi lujaa liikkeelle, ei siinä hitaampi
  perässä pysynyt, vain Lasse Viren olisi voinut saada
  meidät kiinni, kertoi Lydia muistellen, että mies
  oli tainnut heilutella käsiään. Ei ollut siitä varma.
- No enpä yhtään huomannut. Mutta just siksi tätä
  rupesinkin kertomaan, kun minusta siinä
  miehessä oli jotain ihan samaa kuin Jukassa.
  Tulivat kaikki muistot niin sydämen päälle, että
  oli pakko puhua.

Kaupungintalolla Mairen viiletettyä pöytäseurueen ohi
kuin Hangon tuima tyrsky oli Jukka kertonut menevänsä
käymään 'hotelli helpotuksessa'. Ostaisi samalla Kähkösen
Finlandia-kirjan. Valkoinen valhe, sallittu hätätilanteissa,
nyt suorastaan suositeltu. Jukka oli yrittänyt saada Mairen
kiinni, ettei tämä karkasi käsistä. Oli juossut alas eteiseen,

etsiskellyt sieltä, sitten parkkipaikan suuntaan. Olisi jutellut Mairen kanssa, kysellyt tärkeitä. Liian nopeasti pyörähti auto pois, mutta rekisteritunnus näkyi. Helppo selvittää tiedot, jos uskaltaisi alkaa tutkia. Iso jos, mitä siitä mahtaisi seurata. Valtaisa määrä vaihtoehtoja, jos ja jos ja jos...

- No niin, tässä tämä Kähköskän '36 uurnaa' nyt on. Rouva on hyvä vaan, käykö pieneksi hääpäivälahjaksi, yritti Jukka vitsailla ja ojensi suurieleisesti kirjan Leenalle.

Mitä nyt tapahtui? Kuului hämminkiä lämpiössä, huutelua, kysymyksiä, pään pyörittelyä, etsiskelyä. Oli löytynyt lattialta henkilökortti, kuvassa kiharatukkainen nuori mies. Olisiko omistaja vielä yleisön joukossa, kiire etsimään. Tuolla, pyöreässä pöydässä. Ehkä tuo nuori mies pariskunnan seurassa.

- Anteeksi, onko sinulta hävinnyt henkilökortti? tiedusteli topakka kahvilatyöntekijä yllättyneeltä Jesseltä, joka ilmiselvästi muistutti henkilökortin valokuvaa.
- Hyvänen aika, taitaa olla. Ei se ainakaan täällä lompakossa ole, havahtui Jesse ja penkoi taskujaan.
- Varmuuden vuoksi kerropa syntymäaikasi, niin voin varmistua oletko ihka oikea kortin omistaja, tarkensi kahvilatyöntekijä korttia tutkaillen.

- Olen syntynyt 9.11.2001. Se on historiallinen
  päivä, silloin ne WTC-tornit sortuivat - ja minä
  synnyin. Ihan Pariisissa asti kävin kuulemma
  syntymässä, naureskeli Jesse kiitellen, löydetyn
  henkilökortin oikea omistaja.
- No onpa sinulla historiallinen syntymäpäivä.
  Koko maailma sen muistaa. Hyvä, kun löytyi
  korttisi. Miten olet tänne Hankoon sitten
  päätynyt? uteli Jukka silmät ihmetyksestä
  ymmyrkäisinä.
- No joo, minulla on ollut onnellinen elämä, ihanat
  vanhemmat, äiti lastenlääkäri ja isä myyntialalla.
  Vähän on vanhempien töiden perässä reissattu
  ympäri Suomea, mutta kotiuduttu tänne
  Hankoon jotain yli 15 vuotta sitten. Koskaan
  meidän perheessä ei ole salattu, että olen
  adoptiolapsi. Biologisista vanhemmista en tiedä
  mitään, koska minut on kuulemma synnyttänyt
  nimettömänä joku suomalainen nainen. Samaan
  aikaan sattui äiti olemaan harjoittelussa tuossa
  synnytyssairaalassa kandina. Tutustui siinä
  yhteydessä tuohon suomalaiseen naiseen. Äidillä
  oli kuulemma heti sellainen tunne, että hänen piti
  välttämättä adoptoida minut. Hän uskoi ja uskoo
  edelleen paljon johdatukseen. Teki sitten
  järkyttävästi paperihommia, mutta sai isän kanssa
  sitten adoption vihdoin onnistumaan, selosti Jesse
  perusteellisesti värikästä elämänkaartaan Jukalle ja
  Leenalle.

Ihmeellinen tapaus. Suuri kertomus pienestä ihmisestä.
Pariisilainen Hankoon, tähän toiseen huumaavan
kauniiseen ja hurmaavaan kaupunkiin.

- Minulla ei ole mahdollisuutta koskaan saada tietää
  biologisia vanhempia. Vaikka taitaa joku
  päinvastainen laki olla, että jokaisella lapsella
  pitäisi olla oikeus omiin tietoihin. Se sopisi hyvin
  myös äidille ja isälle, kiitteli monisanainen Jesse
  vanhempiaan hieman surumielisenä.
- No jopas on nuorella miehellä mielenkiintoinen
  elämä. Tosi harvinainen, sattumien sattumaa
  täynnä. Oli kiva kuulla. Mutta kuule Leena, nyt
  meidän on jo lähdettävä Oulua kohti. Pitkä matka.
  Ovat vielä luvanneet lisää lumisadetta, tuskaili
  Jukka ja nousi pyöreän pöydän äärestä.

Tuona keväänä lumi leikitteli Hangon kanssa, ikäänkuin se
olisi pitkästä aikaa keksinyt, että myös tänne voi heittää
hiutaleita. Ähäkutti, se kuorrutti metsät ja rannat, puut ja
pensaat kimaltelevaan valkoiseen. Yöllä sai pakkanen
liukastaa tiet ja kadut. Aamulla taas lisää lumihiutaleita.
Kivaa, kun kaikki jo kuvittelivat, että nyt riittää. Vielä
toukokuun puolella lumi muistutti olemassaolostaan.
Sitten sai jo tämä leikittely riittää.

Kaiken Hangon kirjallisuuspäivänä tapahtuneen jälkeen
järisyttävä tunteiden ja muistojen myllerrys Jukan mielessä.

Pää pyörällä kuin Hangon tuulimyllyt. Ryhtyäkö selvittämään mysteerinaisen tietoja vai ei. Taisi olla muodollista painiskelua itsensä kanssa, höyhenen kevyttä itsepetosta. Ei Jukka voinut jättää asiaa auki, oli tärkeää tärkeämpi. Taas hakeutuivat kädet ristiin, kunpa kaikki ratkeaisi onnellisesti.

Helposti löytyivät auton omistajan tiedot rekisteristä, Maire Juutisen puhelinnumero ja jopa osoite. Kaikki tarvittava taisi olla nyt selvillä. Mutta milloin uskaltaisi... Iso mies, puolustanut varkaita ja murhamiehiä, taistellut lasten kohtaloista, hakenut lähestymiskieltoja naisten hakkaajille, selvitellyt nettihuijauksia, kaikkea pahaa ja pelottavaa maan ja taivaan väliltä. Nyt pelotti, uskallus horjui kuin Benji-hyppääjällä ennen ilmalentoa.

Sitten rohkeni. Kännykkä käteen. Pelko pois, jospa vaikka on väärä Maire.

- Haloo, Maire Juutinen
- Anteeksi väärä numero, meni Jukalta sisu kaulaan.

Seuraavana päivänä:

- Haloo, Maire Juutinen
- Hei Maire, täällä on Jukka Nordström. Mahdatko olla se minun Maireni? Maire Mertala? Muistatko yhtään minua....

- No hei hei, oletko sinä mies kaukaa
menneisyydestä, iäisyyksien takaa. Oletko sinä se
nuoruuteni Jukka? Voiko tämä olla totta?
Kyllähän minä olen Maire, omaa sukua Mertala,
nykyisin Juutinen. Oletko ihan oikeasti se Jukka
Nordström, jonka....

- Tottakai olen. Vieläkö muistat minut?

- Hyvä että istun, olisi muuten mennyt jalat alta.
Voi, tottakai minä sinut muistan, oikein hyvin
muistankin. Onkos tämä se puhelu, jota odotin 23
vuotta sitten koko pitkän alkuvuoden? Ei soinut
puhelin. Ihanko siis vielä ajattelet minua?

- Anteeksi Maire. Kunpa tietäisit miten hyvin
muistan sinut. Ja miten usein olen sinua ajatellut.
Kaikki nämä vuodet. En ole koskaan unohtanut.
Aivan mahtavaa, että olet siellä langan päässä. On
niin hirveän paljon selvitettävää. Voitaisiko
mitenkään tavata, minulla olisi sinulle niin paljon
puhuttavaa, tärkeää asiaa. Haluaisin välttämättä
tavata.

- Jassoo, vai niin, ai että tavata. Onhan tämä
aikamoinen yllätys, pommin olet pudottanut.
Mutta oikein kiva, kun soitit. Minun täytyy vähän
harkita tapaamista. Olisi tässä itse kullakin
kerrottavaa. Pakko sulatella muutama päivä. Jos
sinua vielä sitten kiinnostaa, voit soittaa.
Katsotaan, mihin tulokseen olen tullut. Ei se ehkä
ihan poissuljettua ole. Kahtakymmentä vuotta en
kyllä enää odota, nyt saa olla lyhyempi puhelimen

pirinän väli. Pari päivää on pari päivää eikä yhtään
enempää, usko pois, Jukka!
- Varmasti soitan, vaikka jo huomenna uudestaan.
Kiitos sinulle Maire-kulta!

Tapaaminen Esplanadin puistossa, kesän kynnyksellä,
Kappelissapyöreässä lasisessa looshissa, muilta
kuulumattomissa, ulkopuolisten nähtävissä, kaksin, muu
maailma kaukana. Tunnelmallisessa, ikivanhassa ja kuvan
kauniissa ympäristössä. Suomen historia ympärillä. Pari
tuntia ei riittänyt. Oli yli 20 vuotta kerrottavaa,
kuunneltavaa, sulateltavaa. Yllätykset, järkytykset,
helpotuksen ja ihmetyksen kyyneleet. Lisää kuohuviiniä,
lisää katkarapuleipiä. Elämän piukat solmut aukesivat yksi
kerrallaan, väärinkäsitysten vyyhti purkautui. Pikkuhiljaa ja
hetkittäin tuli näkyviin lohduttava valo, auringonnousu,
lopuksi vapauttava kirkkaus.

- Että olen ollut isä melkein 23 vuotta, olen ihan
  shokissa. Tosi outo tunne.
- Niin, on ollut minulla samasta asiasta murhetta,
  kun en enempää lapsia saanut, vaikka kovasti sitä
  toivottiin yhdessä mieheni kanssa, joka....
- Herranjestas Maire-kulta, tuo WTC-terrori-iskun
  päivä ja lapsen syntymä juuri tuolloin. Apua. Siinä
  pöydässä Hangossa....Voiko olla totta.... Siinähän
  oli se poika, mikä sen nimi olikaan..... En nyt
  muista, kyllä se kohta putkahtaa päähän. Se

poikahan kertoi syntyneensä Pariisissa juuri tuona hirveänä päivänä. Voisiko olla totta...

- Oletko nyt aivan tosissasi? En muista kuulleeni mitään tuollaista, mutta olinkin niin lyhyen ajan siinä pöydässä, kun piti karata kiireen vilkkaan. Epäilin, että sinä olet sinä, enkä missään nimessä halunnut tavata Euroopan suurinta petturia. Sellaiseksi olin sinut mielessäni ristinyt, naureskeli Maire.

- Juu juu, kyllä se poika niin kertoi. Hänet oli adoptoitu Suomeen. Joku naislääkäri siellä seklinikalla oli onnistunut mutkien ja vaikean paperisodan jälkeen.... Hei, Jesse Pärnänen oli nimi, nyt putkahti mieleen.

- Hyvin muistan Pariisissa sen suomalaisen miellyttävän lääkärin, mietiskeli Maire silmät ummessa, tunteet pinnassa.

- Jesse kertoi asuneensa pitkään Hangossa. Sehän on niin pieni kaupunki, että varmaan kaikki tuntevat toisensa, pohdiskeli Jukka ajatukset sekaisina.

- Voisiko ottaa yhteyden ja kysyä, en tiedä. Minulla on kyllä Hangossa pari tuttua, jotka ovat asuneet siellä pitkään. Varmaan tuntevat Pärnäsen perheen. En tiedä uskaltaisiko, jos he eivät halua, jos rikkoisi perheen, tuumi Helena eri vaihtoehtoja kuvitellen.

Uskalsivat, eivät rikkoneet mitään. Yhdistivät kateissa olleet sielut. Käsittämätön yllätys, onni ja ilo mittaamaton.

Löytynyt timantti Hangon kirjallisuuspäivänä satumaisten sattumien summana, löytynyt oma poika, selvinnyt suuri salaisuus. Upouusi alku, vaaleanpunaiset auringonnousut tunteiden horisontissa, ääretön ilo sieluissa. Unelmien täyttymys.

Ensitapaaminen Hankoon sovittuna, siellä kohtaisivat kohta Jessen kotitalossa Kappelisatamassa kaksi äitiä, kaksi isää ja kaiken keskellä onnen poika, itse Jesse. Kultareunainen astiasto pöydässä, parhaat lohirullat jääkaapissa maustumassa, kuohuviini poreilua odottamassa. Kaikki kauniina ja valmiina. Kutsuvieraat tulossa, Maire-äiti ja Jukka- isä yhdessä jo matkalla. Ei enää kauaa.

Onni kihelmöi jo onnen odotuksessa. Vielä hiukan matkaa ajettavana Mairella ja Jukalla, kohta Hanko näkyvissä.

Hangossa odotettiin pitkään, pitkään. Iltaan, yöhön asti. Turhaan.

Kahden päivän kuluttua julkaistiin Helsingin Sanomissa pikku-uutinen, yhdellä palstalla, lohduttomien sotauutisten joukossa. Virolainen rekkakuski oli nukahtanut autoon matkalla Hangosta Vuosaaren satamaan, ajautunut Skogbyssä vastaantulevien kaistalle ja törmännyt henkilöautoon. Täydessä vauhdissa. Oululainen mies ja inkoolainen nainen olivat saaneet välittömästi surmansa. Olivat kuolleet onnellisina, käsi kädessä. ♠

HERÄÄ MUMMI, HERÄÄ

VÄÄRINKÄSITYKSIÄ

- Mummi, herää. Jos ne enkelit tuleekin hakemaan mut?
- Mutta kulta-pieni, mitkä enkelit?
- No en enkelit, joista sä eilen puhuit. Että ne tulee kohta hakemaan isomummin, kun se on niin kipee. Jos ne vaikka vahingossa hakeekin mut eikä isomummia. Mä en uskalla nukkua yksin.
- Ai ne enkelit. Voi voi kulta-pieni, eihän ne mitenkään sua tuu hakemaan. Katsohan, kun isomummi on jo oikein vanha, monta kymmentä vuotta, melkein sata vuotta. Isomummi on sairaalassa ja nukkuu vaan. Hän on kovasti kipeä eikä lääkkeet enää tehoa. Semmoisia ihmisiä enkelit tulee hakemaan taivaaseen, ei sinua. Sinähän olet ihan pikkuinen, vasta kolme vuotta. Voit olla ihan rauhassa, ei ole mitään hätää. Mutta tule tänne mummin viereen, niin nukutaan yhdessä oikein turvallisesti Ja jos ei uni tuu heti, voidaan vaan loikoilla ja nauttia elämästä.
- Joo, mä tuun. Mikä on elämä?

HÄTÄTAPAUS

- *Mummi herää, mulla on pisuhätä.*
- *Ai hitsi, just kun sain hyvin unen päästä kiinni. Mennään sitten yhdessä veskiin.*
- *Mummi, miten unen päästä saa kiinni. Onko sillä ihan oikea pää?*
- *No eihän unella mitään päätä ole. Vaan sanotaan tuolla tavalla. Se on semmonen sanonta.*
- *Ai miksi?*
- *Ai miksi miksi?*
- *Miksi sitten sanotaan, että saadaan unen päästä kiinni, jos ei ole olemassa mitään päätä.*
- *En tiiä, nukutaan nyt vaan. Tuu vaikka mummin viereen niin varmaan saadaan molemmat kiinni vaikka siitä unenpäästä tai jostain muusta.*
- *Ai mistä muusta?*

VAARALLINEN KUORSAUS

- *Mummi, mua pelottaa. Herää, herää!*
- *Voi voi, mikä nyt pelottaa?*
- *Mä heräsin, kun vaari kuorsaa niin kovaa. Se pelottaa. Se on hirveän kummallinen ääni, onko sillä joku hätä?*
- *Ei vaarilla mitään hätää ole. Katsopa, kun vähän tönäistään vaaria ja käännetään kyljelleen koko ukkeli, niin kuorsaaminen loppuu. Ei se kuorsaaminen mitään vaarallista ole. Joskus siitä lähtee aika kova ääni. Toisinaan vari itsekin*

*herää, kun se kuorsaa niin kovasti. Ja sitten se on
ihan hämillään ja väittää kiven kovaa, ettei se oo
kuorsannut ollenkaan. Uppista, on tää vaari aika
iso, en mä saa sitä käännetyksi. Taitaa nukkua tosi
sikeästi. Tule mummin viereen nukkumaan, niin
nukutaan yhdessä vaarin vieressä.*

- *Joo, mutta älä sä vaan rupee kuorsaamaan. Se
kuulostaa vielä kamalammalta.*

ISO PAHA UNI

- *Mummi, herää heti, mä oon nähny pahaa unta.*
- *Voi rakas pikkuinen, koetapa kääntää tyyny. Se
auttaa usein. Menee piiloon tyynyn alle se paha uni
eikä pääse pois. Sinne se jää.*
- *Ei se auta. Se on niin iso uni, ettei se millään
mahdu tyynyn alle. Ja sit multa on hävinnyt
Roope, mä en löydä sitä millään. Mä en tiiä,
missä se on.*
- *Ai, se sun pikkuinen pehmokaveri. Koeta vähän
penkoa peittoa, kyllä se jossain siellä vällyjen välissä
on.*
- *En mä tiiä, mitä ne vällyt on ja mistä sitä Roopea
voisi etsiä. Tuu auttamaan.*
- *Millään en jaksaisi. Koeta vaan etsiä lisää.*
- *Nyt Roope löytyi, mut saanks mä tulla sun viereen?*
- *Totta kai kultapoika. Hyväää yötä.*

KUUMA

- *Mummi, mulla on kauheen kuuma. Mä en voi nukkua.*
- *No voi pikku kulta, nyt on ihan kauheen kuuma kesä, helle ja kaikilla on kuuma. Meillä on kaikki ikkunat ja räppänät auki, eikä auta yhtään. Kun ei tuulekaan mistään, niin toi kuuma ilma vaan on junttaantunut paikoilleen. Tää on hankalaa kaikille. Ota vaikka yöpuku pois päältä.*
- *Mulla on nytkin vaan pikkarit jalassa eikä auta yhtään.*
- *No voi voi...*
- *Saanks mä tulla sun viereen?*
- *Tuu vaan, mutta sulle tulee vielä kuumempi.*
- *Ei se haittaa.*

SEINÄ KAATUU

- *Mummi herää, tuolta kuuluu jotain ääntä. Mua pelottaa.*
- *Voi rakas pikkuinen, ei sieltä mitään kuulu.*
- *Kyllä kuuluu, kuuntele ny vaikka ite.*
- *Ai joo, nyt mäkin kuulen. Hetkinen, kuunnellaan vielä. Ei se taida tulla ulkoa, eikös noi äänet tuu tosta naapurista. Kuunnellaan tarkkaan. Aika kovaa meteliä. Ihan kuin naapurissa riideltäis.*
- *Mua pelottaa, jos ne tulee tänne tappelemaan. Miten meidän sitten käy?*

- *Ei tänne kukaan pääse. Ovet on lukossa. Noilla naapureilla on välillä tuommoista riitaa, kun ne on vähän humalassa. Ei se oo vaarallista. Mutta yöllä pitäisi olla kerrostalossa ihan hiljaa, ei saa rähjätä - ainakaan kovaa.*
- *Jos ne kaataa ton seinän niinkuin tietsikkapeleissä. Mua pelottaa ihan oikeesti.*
- *Ei ne pysty mitään kaatamaan. Tää on oikein tukeva kivitalo.*
- *Nehän voi vaikka lyödä toisiaan. Ja sit tulee verta. Mua itkettää.*
- *Nyt ne äänet kyllä vaan lisääntyy. Joo, mies rähjää nyt jo ihan tosissaan. Mutta mee sä tonne olohuoneeseen, niin mä kuuntelen vielä vähän aikaa. Ai, nyt siellä meni rikki jotain, varmaan lasia. Pakko taas soittaa poliisit.Tuu sitten mun viereen, kun noi äänet on hiljenneet. Ne hiljenee kyllä aina heti, kun poliisit tulee paikalle.*
- *Joo, mä tuun.*

NÄIN ON PARAS
- *Mummi herää. Mulla on asiaa.*
- *Haluutko tulla mun viereen, pikku kulta?*
- *Joo*
- *Tuu vaan, ihanaa!* ♠

VANHA KENKÄLAATIKKO

- Hei Martta, ollaan autossa menossa katsomaan Karia sairaalaan, jo aika lähellä Kuopiota. Mutta äsken ne soitti ja sanoi, ettei nyt ole hyvä hetki tulla vierailulle. Ei ne selittäneet enempää, vaikka kysyttiin. Onko sinulla mitään tietoa, mistä tässä on kyse? Me sovittiin eilen ihan selvästi henkilökunnan kanssa, että tullaan taas huomenna, kyseli harmistunut Kaarina, joka oli käynyt päivittäin katsomassa veljeään.

Rissasen sisarukset Kari ja Kaarina, jo ikäihmisiä, läheisiä, koko aikuisuutensa naapuritilallisia, jalat tukevasti maassa, erityisesti omilla nurkilla, sillä Savoa kauempana he eivät olleet matkustelleet. Näin oli heidän mielestään hyvä, vaatimattomat tavan ihmiset. Naapurustosta oli Kaarina napannut luontevasti Sepon, jo kauan sitten ikuisuuteen nukkuneen hiljaisen ja kiltin, ahkeran miehensä.

Kari oli pitkään elellyt poikamiehenä, vinttikamarin poikana, kunnes hän oli kerran kohtalokkaalla torimatkalla tavannut Kuopiossa Martan, määrätietoisen ja iloluontoisen leskirouvan. Se oli ollut Karin menoa. Monta vuosikymmentä olivat he saaneet yhdessä pitää Karin kokoliasta perintötilaa. Vuokralle olivat viime vuosina

joutuneet luovuttamaan maat. Ja sitten Karille oli
ilmaantunut epämääräisiä vatsakipuja. Lopetti
tupakoinnin, vähensi makkaran syöntiä ja popsi silloin
tällöin muutaman tomaatin ja salaatinlehden, luopui
perjantain Kossusta. Ei halunnut lääkäriin, kyllä tässä
pärjätään. Periaatteen mies.

- Niin että tiedätkö, mistä tässä oikein on kyse? intti
  Kaarina uudestaan ja entistä pontevammin.
- En tiiä. Ei kukaan minulle ole soittanut, mutta
  mehän sovittiin, että te menette päivällä ja minä
  taas illalla. On niin mukava yhdessä viettää ilta,
  vaikka on se Kari viime aikoina ollut todella
  väsynyt. Nukahtelee paljon, vastasi Martta, vaikka
  hän hyvin aavisti vierailukiellon syyn.
- Ne suorastaan kielsi meitä tulemasta. Eikös se ole
  ihan väärin, kun kerta on virallinen vierailuaika ja
  eilen sovittu juttu.
- Juu, tuntuupa omituiselle. Olisiko joku äkillinen
  hoitotoimenpide. Kävin kyllä ohimennen
  kauppamatkalla jo aamupäivällä Karia katsomassa
  ja oli silloin väsyneen oloinen. On se tauti nyt
  mennyt tosi pahaksi ja ikäviä yllätyksiä voi tietty
  sattua. Kipuja voi tulla yhtäkkiä ja kovasti, satuili
  Martta ääni sortuen.

Martan epäilyt vahvistuivat hetki hetkeltä, ei niistä voinut
puhua muille. Hän kuvitteli kauhulla, miltä Karin
potilashuoneessa näytti. Hän tiesi. Suurta sotkua.

Hän oli joutunut taistelemaan itsensä kanssa viime ajat niin, ettei ei ollut pystynyt muuta miettimään eikä mitään tekemään. Ei ollut pitkiin aikoihin nukkunut silmäystäkään, ei osannut ymmärtää mikä oli oikein, mitä hän sai tehdä, mikä oli laissa kiellettyä, mikä suotavaa, jopa armollista. Mitä oli vaimolle mahdollista, mikä sallittua? Entä moraali, moraalinen oikeus, jopa velvollisuus kun rakasti, rakasti kovasti. Oli istunut keinutuolissa päivät ja yöt näkemättä, kuulematta ympärillä olevaa hiljaisuutta, autiutta, epätoivoa, epätietoisuutta.

Karin kivut olivat aika ajoin kestämättömät, sen näki selvästi, ei mies pienistä valittanut. Nyt oli Martta joutunut näkemään usein kyyneleitä miehensä silmissä. Toivottomuus, kohtalon odotus vai kivut, mahdoton sanoa, mistä tulivat kyyneleet. Vaikea oli sivellä parantumattomasti sairastavan miehen kuihtunutta kättä ja lohduttaa. Vahvat lääkkeet ja hoidot aiheuttivat ylettömästi pahoinvointia ja sekavuutta, päivä päivältä enemmän.

Parantuminen ei ollut mahdollista, sitä kukaan ei ollut luvannut. Luvattu oli vain kivuttomuutta, mutta sitäkään lupausta ei voitu täyttää. Sydäntä särki katsoa kärsimystä, lopun loputtomuutta.

Kari oli esittänyt vain yhden pyynnön, vaatimuksen luontaisesti, hiljaisesti, varmasti. Ei hän koskaan paljoa elämässään ollut pyytänyt, ei oikeastaan koskaan vaatinut mitään. Mutta nyt, yksi pyyntö vain. Voisiko Martta sen evätä? Kieltäisikö, kun selvästi tiesi pyynnön seuraukset? Liian vaikea ratkaistavaksi, mutta rakkaus vaati ratkaisun.

Viimeinen rakkauden teko.

Martta oli aamupäivällä täyttänyt Karin toiveen, vienyt kauppakassissa vaatehuoneen yläkaappiin piilotetun vanhan ja rispaantuneen, ruskean kenkälaatikon, raskaan ja pahan. Sisällön tiesivät molemmat, vaikkei siitä koskaan puhuttu. Sodan jäämistöä. Kari oli pitänyt pistoolista hyvän huolen, aina ampumakunnossa.

Nyt se oli suorittanut viimeisen tehtävänsä. Rohkean ja vaativan. Vapautuksen. ♠

PUNAPOHJAISET KORKOKENGÄT

- Kultaseni, minulla olisi yksi nerokas ehdotus, aloitti Roope keskustelun Paulan, rakastettunsa kanssa valkoisten silkkilakanoiden keskeltä. Hugo Bossin bokserit olivat jo sujahteneet jalkaan ja ruskea laineileva tukka oli huolella kammattu ja geelitetty. Kirkas aamu valkeni ikkunan takana, näkymä Hangon ulkoluodoille huikaisi.
- No, mikä ehdotus?
- Olisiko mitenkään mahdollista että puolitettaisi nää kustannukset?
- Häh, mitä mitä mitä? Mitkä helvetin kustannukset? Et kai tarkoita, että aina kun me yövytään salaisesti jossain hotellissa ja vietetään romanttinen viikonloppu niin kuin nyt täällä Regatassa niin minä maksaisin puolet yöpymisestä ja muusta ja sillai. Häh?

Paula oli heti hereillä ja keräili itseään Roopen vierestä vaalea, pitkä tukka pörrössä ja siniset silmät turvoksissa edellisen illan ylettömästä samppanjatarjoilusta.

- Just juu, täsmälleen tuota tarkoitan. Onhan näistä iloa meille molemmille, eiks vaan. Harriet on

ruvennut nalkuttamaan kaikesta ja alkanut puhua,
että hän pienentäisi mun kuukausirahaa ja silloin
olisi tää dollaripuoli niukempi kuin nyt. Kyllä
Harrietilla on rahaa kuin Saimaassa sinttejä ja
bisnekset tuottaa koko ajan reippaasti lisää, mutta
on vanhempana alkanut tulla nuukaksi. Olen
miettinyt, vaivaako häntä joku dementian esiaste.
- Toi sun päätön ehdotus ei takuulla tule
kysymykseenkään. Oletko muka oikein
maksullinen mies, pöh? Hoida homma sillai, että
eukko on tyytyväinen ja pyydä lisää
kuukausirahaa, tuhisi Julia loukkaantuneena ja
nousi sängystä niskojaan nakellen ja
vaaleanpunaisen yöunelman spagettiolkaimia
korjaillen.

Ei hänellä yksinkertaisesti olisi halua luksuslomiin kalliissa
hotelleissa ympäri Eurooppaa, jos itse pitäisi maksaa. Ei
kenenkään kanssa. Menisi hohto pois. Eivätkä omat rahat
riittäisi edes Suomen majoituksiin. Nytkin taisi Regatan
hinta pyöriä jossain 350 euron paikkeilla per yö. Huima
hinta, vaikka entisöinti olikin suoritettu Julian mielestä
kohtuullisella maulla.

Ei alkanut sunnuntai mallikkaasti, vaikka edellinen ilta oli
sujunut upeasti. Oli kuunneltu oikein tasokas
jazz-konsertti tunnelmallisessa, tervaspuun tuoksuisessa
rantaravintolassa ja nähty komea öinen ilotulitus meren
yllä. Samettinen ilta ja samettiset puheet. Roope oli ollut

ihana, liikuttava kaiken höpötyksensä keskellä, suuria suunnitelmia, ylellisiä unelmia. Ystäviä oli riittänyt joka sormelle ja uusia tuttavuuksia oli solmittu, pidetään yhteyksiä. Ylihintaisia vaatteita, aliarvostettua luotettavuutta, halauksia ja poskisuudelmia, kovaäänistä kotkotusta, nousukasraha oli kahissut. He olivat sulautuneet sujuvasti kaksikieliseen kuulijoiden joukkoon, vaikka olivat itse supisuomalaisia.

- Vitsi! Oletpa helposti höynäytettävissä. Kunhan tsekkasin sietokykyä, siis resilienssiä, sehän on päivän sivistyssana, nauroi Roope niin, että sänky hytkyi. Oli mielestään Hangon hauskin kaveri.

Julian mielestä Roopella oli tosiaan kummallinen huumorintaju, ihan kuin kustannusten jakaminen olisi ollut joku hyväkin pila. Ei naurattanut yhtään, päinvastoin. Eikös sanottu että huumorintaju oli älykkyyden mitta. Mutta millä mitalla sitä mitattiin, se oli vielä jäänyt Paulalle epäselväksi.

Harriet oli ison metallitehtaan perillinen, vanhempi kuin Roope. Avioero olisi Roopelle karmea katastrofi, sillä avioehto takasi, että eronneena hän olisi varaton ja viraton. Taitaisi vain korskea leasing-Tesla jäädä käteen - ja ne Hugo Bossin bokserit. Auto piti talousvaikeuksissa säilyttää, etteivät naapurit näe köyhtymisen koko kuvaa.

Vastavuoroisesti Paula voisi joskus kertoilla, että hän olisi muka kertonut Harrietille kaiken, salasuhteen ja valheet. Sinänsä absurdi ajatus.

- Eiks oo kiva, kun ei tartte enää piilotella?

Siinä Paulan kysellessä menisivät varmasti ja vikkelästi rupelit Roopen pöksyihin. Sitten Paula voisi vähän ajan kuluttua armahtaa miesparkaa ja sanoa, että vitsi vitsi. Olisikohan Roopen mielestä kiva?

Paula muisti nuoruudestaan, että hänen hiukan reppana opiskelukaverinsa Leena oli suostunut lähes mukisematta siihen, että hänen superpihi, naimisissa ollut miesystävänsä - joka oli osoittautunut sittemmin Roopen kaveriksi - oli maksanut vain puolet yhteisistä hotelliyöpymisistä. Leena oli naureskellut kyynisesti ja tippa silmässä, että oli tuntunut tosi romanttiselle, kun aamuisin piti pulittaa miehelle puolet hotellimaksusta. Ihan kuin karvainen, jo iällä ollut sänkykaveri olisi ollut joku maksullinen gigolo. Taisi ollakin. Systeemi ei todellakaan sopisi Paulalle.

Taisi mennä tämä sunnuntai ihan poskelleen, harmitteli Paula silmiään meikatessa.

- Älä nyt rupea murjottamaan. Spa odottaa vieressä, kipitetään sinne vikkelästi aamutakit päällä, lipokkaat jalassa ja nautitaan upeasta infinity-merimaisemasta. Samalla voidaan katsella

korkeuksista, kun toiset kulkee Span edestä
uimahuoneelle ja joutuu uimaan kalseassa
merivedessä sotkuisen levän seassa, toiset jopa
alasti. Sitten palataan Regatan kuuluisalle
herkulliselle aamiaiselle. Unohda tuo huono
aamun avaus. Ei puhuta enää rahasta, kyllä eukolla
sitä riittää.

-   En tiedä, ei oikein huvita lähteä pulikoimaan
    muiden likaamaan allasveteen. Saisi olla oma allas,
    olisi riittävän lämmin ja steriili.
-   No, kun ei ole sitä omaa allasta, niin lähdetään
    nopsasti liikkeelle muiden kuolevaisten joukkoon.
    Ihana ja kirkas kesäaamu odottaa. Ties mitä kivaa
    vielä kehitellään, vihjaili Roope silmiä vinkaten ja
    alaosastoaan hieraisten.
-   Pakko kai on. Meni toi meikkaus ainakin hukkaan,
    ei millään jaksais poistaa ja sitten taas meikata
    uudestaan. Huh!

Ei tiennyt Spassa raukeana kelluva pariskunta, että Regatan
respassa oli samaan aikaan soinut puhelin ja topakka
naisääni oli pyytänyt puhelimeen Roope Rosbergiä,
ruotsiksi. Oli sattumalta löytynyt aviomiehen pöydältä
muistilappu ja viikonlopun suunnitelmiin kuulumaton,
outo puhelinnumero Hangon Regatta-hotelliin.

Ei se mitään ota, jos ei annakaan, oli Harriet ajatellut,
sipaissut hopeisia, tyylikkäästi leikattuja ja kalliisti
hoidettuja hiuksiaan, kävellyt punapohjaisilla

korkokengillä aatelissukunsa kartanon aamiaishuoneen rauhaan. Pois henkilökunnan uteliaiden korvien kuulumattomiin.

Regatan respassa vastaanottovirkailija oli heti reippaasti ja avuliaasti kertonut, että Rosbergin pariskunta oli juuri kiiruhtanut Spahan, mutta he olisivat kohta tulossa takaisin aamiaiselle. Hän pyytäisi heti herra Rosbergiä soittamaan, totta kai. Puhelinnumero näkyi näytössä, varmaan menisi vain pieni hetki.

Harriet lähti saman tien liikkeelle valkoisella Rolls-Roycellään, ei Roopen perässä Hankoon vaan tutun ja nerokkaan, huippukalliin liike- ja perheoikeuteen erikoistuneen asianajajan yksityisvastaanotolle. Tositarkoituksella. Sinne hän oli aina tervetullut, riippumatta viikonpäivistä tai työajoista, lomista ja juhlapyhistä. Punasamettinen rokokoo-kalusto odotti vakioasiakasta, joka ei laskuista reklamoinut. Kohta olisi Roope vapaa mies, erittäin vapaa.

Ja Harriet voisi hyvällä mielellä julkistaa pitkäaikaisen suhteensa aatelisen, komean punahousuisen, golfausta ja purjehdusta harrastavan täydellisen tummahiuksisen herrasmiehen kanssa. Harriet poistaisi heti sukunimestä Roopen sukunimen, Rosberg roskiin. Jäljelle jäisi vain oma ikiaikainen von-alkuinen suojattu aatelisnimi. Sen jälkeen heillä kotona puhuttaisiin ainoastaan ruotsia, vihdoinkin. Lika barn leka bäst.♠

SEKSIÄ JA KORVAPUUSTEJA

- Haloo, Leila puhelimessa
- Haloo, oletko ihan uusi alalla vai onko sinua jo paljon käytetty? Oletko notkea?
- Voi kai sanoa, että uusi olen. Hmm, ja tehtävästä riippuen olen kyllä valmis joustamaan.
- No sitten sinulla on varmaan tiukka pimppi eikä revähtänyt eläkeläisnaisen vehje?
- Anteeksi mitä? Nyt en ymmärrä yhtään mitään.
- No voi helvetti, selvää suomea joka sana. Siis minkälainen pimppi? Kun minä kerran maksan, niin tartteehan toi perusasia tietää etukäteen. Perhana!
- Kuulemiin, minä lopetan tämän puhelun nyt tähän!

Leilalla oli punakukallinen yöpuku päällä, mummin neulomat kuvioiliset villasukat jalassa, aamutee höyryävänä Muumi-kupissa ja äidin leipomat uunituoreet korvapuustit korissa. Radiossa soi englantilaisten pitkätukkien rokki, All My Loving. Ja ulkona sateli, lämpimästi ja kesäisesti. Sai hyvällä syyllä pysyä sisällä.

Kevään abiturienttina Leilan olisi oikeastaan pitänyt käyttää vapaa-aika opiskelemalla biologiaa, sehän oli tärkeä tiede. Varsinkin, kun hän oli toivonut lääkärin uraa ja kohta olivat ankarat pääsykokeet edessä. Oli löydetty tai kehitetty joku uusi käsite dna, siihen piti perehtyä kunnolla. Mutta nyt hän oli ajatellut nauttia kotona yksin olosta, isi oli mennyt töihin aamuvuoroon poliisilaitokselle jo ajat sitten ja äiti oli juuri pakannut laukkunsa ja lähtenyt salille. Omalle kuntosalille, jonka hän oli avannut Helsingin Lauttasaareen. Asiakkaita oli kuulemma vielä vähän, joten äiti joutui huhkimaan koko ajan ja leikkimään asiakasta isojen lasi-ikkunoiden takana. Hän naureskeli, että meni taas houkutuslinnun hommiin.

Harvinaista herkkua Leilalle, että sai olla kotona ihan yksin, siitä piti nauttia täysillä. Mikään ei saanut pilata sitä. Kova kevät selvitetty kunnialla, ylioppilaskirjoitukset, tentit ja muuta kokeet. Välillä oli pitänyt juhlia kavereiden kanssa, takana oli koulu ja edessä koko elämä, omat suunnitelmat, isot ja pienet. Odotus oli elämää suurempaa.

Kummallinen puhelinsoitto oli äsken keskeyttänyt nautinnon, turhaan oli Leilan pitänyt juosta olohuoneeseen vastaamaan. Joku ääliö oli roikkunut langoilla. Äänikin oli kuulostanut tosi römeältä, kuin olisi tullut jostain kaivon pohjalta. Kaikenlaisia pervoja tämä maa päällään kantoi.

Aamun Hesari oli näköjään myöhässä, mutta oli niissä edellispäivien lehdissäkin tarpeeksi lukemattomia juttuja. Oli Robert Kennedy juuri kesäkuussa murhattu, vähän sitä aikaisemmin 4.4.1968 oli ammuttu rauhaa julistanut Martin Luther King, Vietnamissa riehui loppumaton järkyttävältä tuntuva sota, Tsekkoslovakiassa ja joka puolella muuallakin maailmassa järjestettiin kaduilla massiivisia mellakoita ja vallankumouksia, ylioppilaat kapinoivat myös Suomessa. Olivatko ihmiset tulleet umpihulluiksi? Paljon oli vanhoissa lehdissä tutkailtavaa ja sai niissä uutisissa olla Leilalle kylliksi opiskelua aamupäivän ajaksi. Hurjia aikoja!

Leila oli kirjoittanut ylioppilaaksi arvostetusta lukiosta ja suhtautui toiveikkaasti lääkikseen pääsyyn. Kyllä hän kerkeäisi huomisesta alkaen päntätä riittävästi biologiaa ja myöhemmin ehkä vielä fysiikkaa, jos jäisi aikaa. Taas soi puhelin.

- Haloo, Leila puhelimessa
- Hei, huomasin lehdessä uuden puhelinnumeron ja päätin heti soittaa. Tunnen jo entuudestaan muut kaikki alalla olevat naiset. Saako sinua naida ammeessa, siis vedessä?
- No ei takuulla! Hyvästi ja kuulemiin!

Herranjestas, taas toinen törkeä kyselijä. Tässä täytyi nyt olla joku puhelinlaitoksen sotku, kun yhdistivät meille koko ajan vääriä puheluita. Oli kuulemma ollut kaikenlaisia häiriöitä viime aikoina aika paljon. Vai oliko äidillä joku kummallinen viritys, jos muut eivät tienneet mitään. Äitihän oli usein yksin kotona ja vasta pari viikkoa sitten alkanut pyörittää kuntosalia. Ei voinut vielä olla varma, oliko se hyvä liikeidea vai ei, kun ei niitä kovin monta ollut koko pääkaupunkiseudulla. Äiti oli kyllä niin topakka, että kun hän sai jonkun uuden idean päähänsä, oli se ainakin kokeiltava, meni sitten täysillä metsään tai ei. Ja taas soi puhelin.

- Haloo, Leila puhelimessa
- Hyvää päivää. Olen hankkimassa juuri täysi-ikäiseksi tulleelle pojalleni ensimmäistä seksikokemusta ja huomasin tämän asiallisen ilmoituksen. Oletteko mahdollisesti aikaisemmin suorittanut tämän tyyppistä toimeksiantoa ja minkälaisia kokemuksia teillä olisi? Ainakin kaukomaissa tämä menetelmä lienee hyvin yleistä. Haluan antaa pojalleni erittäin hyvän ensimmäisen seksikokemuksen, hän kun on sellainen hiljainen ja yksinäinen lukijatyyppi. Myös hyvin ujo.
- Anteeksi, tämä on nyt aivan väärä numero tuohon tarkoitukseen. Koittakaa valita numero uudestaan ja olkaa siinä oikein tarkkoja. Kuulemiin ja toivottavasti teitä onnistaa.

Oli hyvin mukavan tuntuinen isäpappa, mietti Leila korvapuustia mutustellen ja teetä hörppien. Ehkä ensimmäinen seksikokemus ammattilaisen käsittelyssä voi olla joillekin aroille tyypeille hyödyllinen juttu, ehkä, mene ja tiedä. Ja taas soi.

- Haloo

- Terse vaan, sulla oli uusi ilmoitus. Kuinka vanha gimma sä olet, paljonkos on kokemusta? Kai sopii reipas ryhmäpano kyvykkäiden kundien kanssa, kun meillä on tulossa pikku bileet viikonloppuna. Rahaa on. Ainakin neljä raavasta jätkää haluais kunnon kimppa...
- Turpa kiinni ja painukaa suolle bilettämään koko porukka!

Nyt tämä sai jo riittää, pakko soittaa isille, oliko hänellä mitään tietoa äidin pimeistä hommista. Ei kai voinut olla totta, vaikka kyllähän äiti laittoi itsensä aina hienoksi, huolehti kauniista ulkonäöstään, kävi kampaajalla usein, monta kertaa viikossa vielä juoksemassa. Vai oliko ne sittenkään juoksulenkkejä, aika pitkään ne ainakin kestivät. Oli hirmuisen iloinen ja energinen lenkkien jälkeen. Oli hänellä aina runsaasti omaakin rahaa. Tosi monet luulivat häntä ja Leilaa siskoiksi, oli äiti niin nuoren ja simpsakan näköinen. Jospa...

- Hei isi sori, mut mun oli ihan pakko soittaa. Kun meille on tullut ihan ihmeellisiä, törkeitä puhelinsoittoja. Puhelin soi koko ajan ja ne haluaa ostaa seksiä, mä oon ihan liemessä. Onko sulla mitään hajua tästä hommasta? Mä oon niin harvoin päivällä kotona, että en tiedä yhtään mitä täällä tapahtuu. Ei kai sentään äidillä ole mitään sivubisnestä vai mitä tää oikein on?

- Leila-kulta, minähän olen sanonut, että työssä minua saa häiritä vaan, jos on kyse elämästä ja kuolemasta. Ja nyt ei todellakaan ole hyvä hetki keskustella ihmeellisistä puhelinsoitoista. Jutellaan kotona illalla. Ota töpseli pois seinästä, jos et odota tärkeää puhelua tai jätä vastaamatta. Mene vaikka takaisin kirjastoon, siellähän sinä muutenkin luet ahkerasti päivisin. Tai voit mennä sinne konekirjoituskouluun, eikös se ole vielä vähän kesken. Nyt on pakko lopettaa, minulla on tässä tutkinnassa aseellinen pankkiryöstö. Kuolinuhrejakin. Iso juttu. Hei vaan Leila-kulta, ota ihan rauhallisesti, Kyllä tämä varmasti selviää.
- No hei vaan, jutellaan illalla.

Voihan hitto, taas toi puhelin soi. Vielä kerran vastaan ja sitten saa riittää, jos sama rumba jatkuu.

- Haloo
- Paljonko maksaa pikainen suihinotto autossa?
- Miljoona markkaa käteisenä, kuitilla kaksi. Kuulemiin ja pese suusi!

Töpseli seinästä irti ja vikkelään, nyt sai tulla rauha maahan ja hyvä tahto puhelinliikenteeseen. Näkyi tulleen päivän Hesarikin, saas nähdä mitä uusia hullutuksia maailmalla oli taas keksitty.

Apua, ei voi olla totta! Leilan oma ilmoitus näkyi
julkaistun lehdessä päivää liian aikaisin, jo tänään
perjantaina. Leila ilmoitti ottavansa vastaan
konekirjoitustöitä, hän kun oli juuri käynyt
konekirjoituskoulun Helsingin Mikonkadulla, ihastunut
näpyttelyyn ja nauttinut uuden oppimisesta. Se oli kuin
olisi käsitöitä tehnyt. Oli alalla uusi ja tehokas toimija, niin
luki ilmoituksessa. Lupasi, että asiakkaat olisivat
tyytyväisiä, todellakin. Niillä kirjoitustöillä Leila oli
ajatellut rahoittaa lääkärin opintonsa. Fiksu idea hänen
mielestään.

Hesarissa näkyi päivittäin todella paljon
konekirjoitusilmoituksia. Jo valkeni Leilalle, niihin
piiloutui maksullisen seksin myynti, jota lehdet eivät olisi
muutoin, suorasanaisina julkaisseet.

Hyväntahtoista hölmöä huvitti, oli Leila mennyt lankaan ja
lujaa. Eivät Leilan vanhemmatkaan tunteneet julkaistujen
kirjoitusilmoitusten taakse naamioidun seksibisneksen
saloja tai systeemejä. Oli koko perhe puulla päähän lyöty,
ihmetystä ja päivittelyä riitti. Tyttären oma-aloitteellisuus
sen sijaan keräsi pisteet isiltä ja äidiltä.

Taas auttoi virkavalta pälkähästä, varsinkin poliisi-isi, joka
siirsi näppärästi puhelut poliisilaitokselle. Kun seksin
ostajan puheluun vastaukseksi tuli: 'Helsingin rikospoliisi,
päivystävä konstaapeli puhelimessa. Kuinka voin auttaa?' ei
kysyjä enää tarvinnut minkäänlaista apua. ♠

KULTASIIPINEN ENKELIPATSAS

Nyt on sydän täynnä asiaa, suu täynnä sanoja, mieli täynnä murhetta. Miksi niin monet onnettomat asiat sattuvat samaan aikaan, voisivat tulla tipotellen, muutama mielipaha kerrallaan, mutta ei, tunkua ikävässä mielessä. Onneksi voin lähteä luoksenne juttelemaan. Tiedän, että teiltä saan voimaa, lohdutusta, ymmärrystä. En kuule moitetta enkä pahoja sanoja. Me emme tunne väärinkäsityksiä.

Poissa on parhain ystäväni Taru, joka vielä muutama kuukausi sitten seisoi Hangon rantakallioilla poseeraamassa punaisissa lenkkareissa, vaalea tukka tuulen tuiverruksessa, taivaansininen hellemekko hulmuten. Kavala syöpä vei salamannopeasti ja salaa, seisovilta jaloilta, kesken kesänvieton, kesken elämän. Ei löytynyt apua mistään, paljon erilaisia parhaita, kalliita hoitoja kerkesivät kokeilla, koko ajan kasvoi pesäke, levisi ja täytti lopulta koko nuoren kehon. Kohta hautajaiset. Jos siellä saisin ymmärryksen menetykseen, käsittämätön asia.

Sisko pani välit poikki, ilmoitti kylmästi, että parempi kirjoitella viestejä, kun ei puhumisella saavuteta muuta kuin riitoja. Viola, teidän tyttärenne, voitteko kuvitella. Ei tätä voi hyväksyä. Olisihan erimielisyydet parempi puhua kuin kirjoittaa, ei kukaan ymmärrä oikein kirjoitettua viestiä. Lyhyitä lauseita, tympeitä tokaisuja, kiireessä

kirjoitettuja. Varmuudella oikiää enemmän väärinkäsityksiä
kuin asioiden selvennyksiä. Luulin, että olimme läheisiä,
jaoimme kaiken vuosikymmenten ajan, ymmärsimme
toisiamme sanoitta, myös suurissa suruissa. Mutta ei,
yhtäkkiä kaikki hanat kiinni. Voisiko olla alkava
muistisairaus, onhan hänellä jo ikää. Muitakin oireita ollut
havaittavissa, unohtelee ja äksyilee helposti. Haluaisin
selvyyttä, onneksi minulla on teidät, taas niin paljon
onnetonta puhuttavaa sydämellä.

Ystäväni Esko, muistatte hyvän luokkatoverini koko
kouluajalta, nyt surun murtama. Tänään itku herkässä.
Luotettu ihmissuhde poikki, yllättäen, ei selityksiä, vastoin
Eskon tahtoa ja tajuntaa. Monen on kyllä vaikea hyväksyä
Eskon elintapaa. Polyamorinen avioliitto, mistä kerroin
teille vuosi sitten. Itselläkin meni hetki nielaistessa, teillä
vielä kauemmin, olettehan paljon vanhempia kuin minä,
nuorin tyttärenne. Me kaikki jouduimme yhdessä
työstämään, että polyamoria ei tarkoita, että ollaan
kaikkien kanssa, milloin vain ja missä vain. Lämmin ja
läheinen suhde taustalla oman aviopuolison kanssa, mutta
samaan aikaan hyvä toisellekin, yhdelle muulle läheiselle,
avoimesti ja tietoisesti. Loppujen lopuksi joillekin varmasti
kaunis elämäntapa, ei kaikille. Ei salailua eikä salasuhteita,
jollaisessa itse jouduin elämään vuosikaudet - olisiko se
muka eettisempää. Mutta nyt Eskon monivuotinen,
tasapainoinen ja hänen mielestään onnellinen sivusuhde on
loppu, naps vaan. Ei tunnu mies pääsevän yli murheistaan.

Enkä osaa lohduttaa, kun en itsekään oikein noita
suhdekiemuroiden syvyyksiä osaa oivaltaa.

Olen kohta valmiina ja lähdössä luoksenne, kävin
ostamassa taas kimpun kukkia, lempikukkianne punaisia
ruusuja. Kaunis, kirkas kesäpäivä, auto jo melkein hyrisee
lähtövalmiina ja odotan matkaa iloa ja onnea täynnä.
Kohta mieleni kevenee, sen tiedän entuudestaan
monituisen vuoden kokemuksella. Olenhan käynyt
luonanne jokaisena isän syntymäpäivänä. Tänään se taas
on, jo 95 vuotta tulee täyteen. Kuinka vuodet voivat
kiirehtää tätä vauhtia, aina nopeammin ja nopeammin, ei
kiinni saa eikä perässä pysy, vaikka rystyset valkoisina
jokaisessa päivässä roikkuu.

Matkaa Hämeenlinnaan on sopivasti, voi virittäytyä
visiittiin. Muistuu mieleen, kun vuosikymmeniä sitten
ajaessani autoasi, isä, istuit kyydissä ja tokaisit, että ajan niin
lujaa että kilometritolpat tuntuvat lyhtypylväiltä. Taisit
silloin olla ylpeä minusta, mutta piti käyttää
kiertoilmaisuja, kun halusit toista kehua. Se oli maailman
tapa siihen aikaan. Eikä silloin käytetty edes turvavöitä,
niiden käyttö oli vapaaehtoista, jos autossa sellaiset
ylipäätään oli. Sanoit aina, ettet itse ainakaan koskaan niitä
käytä, kahlitsevat vain vapautta ja ajamisen iloa eikä kroppa
tykkää. Etkä ole käyttänyt, jääräpää.

Ja taas on rautaportti auki, eikö olisi todella yksinkertaista
sulkea se. Eipä vaatisi paljon vaivaa ja olisi siistin ja

huolellisen näköistä. Harmitus nousee mieleen, turhaan,
pikku juttuhan portti on. Ei täältä kukaan karkaa.

Löydän teidät suurimman männyn läheltä, hautapaikka E
17-6. Hyvin hoidettu nurmikko, juuri pesty ja kiillotettu
ylväs graniittinen hautakivi, istutukset kauniissa kunnossa,
ripirinnakkain järjestyksessä. Tottakai, nehän ovat
muovisia, aina terhakkoina ja ikivihreinä.

Käyn täällä kerran vuodessa, muut läheisenne eivät
ollenkaan. Olen käynyt jo 40 vuotta, aina
syntymäpäivänäsi, isä-kulta. Sait elää meidän eläväisten
keskuudessa vain 55 vuotta, äiti vielä kaksi vuotta
vähemmän. Sama liikenneonnettomuus, sama vastapuolen
silmittömän varomaton ohitus, sama vastakkainen kaista,
sama törkeä rattijuopumus. Sama suru. Hurjastelijan
saama vankeustuomio ei sovittanut mitään, se ei
koskettanut meitä lainkaan, ei edes hipaissut. Kai se oli
yhteiskunnan järjestyksen vuoksi välttämätön ja
oikeudenmukainen. Meitä se ei auttanut lainkaan, vain
mustalla töherretty valkea paperi. Oli vain suunnaton
ikävä, on edelleen, ei hellitä, muuttaa vain muotoaan.

Asettelen hellästi punaisen ruusukimpun keltaisten
orvokkien viereen. Ne ovat yhdessä kauniita, ruusut
vihreässä hautausmaan vanhassa maljakossa ja orvokit
omassa ruukussaan.

Istun ison männyn siimeksessä mukanani tuomalla
retkituolilla ja juttelen teille. Juttelen paljon, sydämeni
kyllyydestä. Ei minuun eikä puheisiini kukaan kiinnitä
huomiota. Kaikilla on omat asiat, omat surut, omat
muistot mielessä. Paino sydämessäni kevenee kivi kiveltä,
sitä ihmettelen ja rakastan joka kerta täällä käydessäni.

Tiedän täsmälleen, että ette te ainakaan täällä mullan alla
ole. Olette olleet jo 40 vuotta jossain aivan muualla,
kaukana kultaisissa auringonlaskuissa, meren
vaahtopäisissä tyrskyissä, pilvien valkohattaroissa,
perhosten käsittämättömän kauniissa siivissä, lastenlasten
hersyvissä nauruissa, sinfonioiden huilumaisissa sävelissä.
Järkeni sanoo näin, mutta sieluni saa täällä teihin yhteyden,
se tekee minut toiveikkaaksi, onnelliseksi muistoista, jälleen
kiitolliseksi elämästä - ja sen monimuotoisuudesta.

Kerron teille Violasta, Eskosta, Tarusta ja monesta muusta,
itsestänikin. Minulla ei ole kiirettä pois, istun paikallani
pitkään, mielelläni sen teen. Kun olen valmis, sen tunnen
sitten sydämessäni. Silloin olen valmis lähtemään,
keventynein askelin ja vapautunein mielin. Voin taas nostaa
katseeni taivaisiin.

En tiedä, kuka nuo kauniit keltaiset orvokit tuo haudalle,
joka kerta käydessäni ne ovat samassa paikassa, aseteltu isän
nimen kohdalle. Ne hoidetaan hyvin, kuihtuneita
kukintoja ei näy, vettä on aina riittävästi, terrakotan värinen
posliiniruukku vaikuttaa arvokkaalle. Hautakiven päälle,

isän nimen kohdalle on kiinnitetty pieni enkelipatsas,
lioista ja pölyistä puhdistettu. Sillä on kultaiset siivet ja
kultainen sädekehä pään päällä. En tiedä keneltä sekään on,
ei ainakaan meiltä lapsilta. Enkeli on vartioinut isän
leposijaa vuosikymmenet, salaperäisenä, ihmeteltävänäni.

Nousen ja taitan tuolini, silitän hartaasti hautakiveä,
hipaisen enkeliä, olen valmis. Pälyilen ympärilleni ja
muiden huomaamatta vilkutan teille pikkuisen.

Kuljeskelen aikani kuluksi katselemassa historiallisia,
vuosikymmeniä sitten hylätyiltä haudoilta poistettuja,
meille nähtävyyksiksi säilytettyjä hautakiviä, sammaleisia,
mustanpuhuvia, tuskin tekstit näkyvissä, kuolinvuodet
1800-luvulta, ehkä aikaisemmaltakin ajalta. Väistämättä
tulee mieleen, voi meitä poloisia, kun tunnemme
olevamme niin ainutlaatuisia, niin tärkeitä ja niin
kaikkivoipia. Emme ole.

Lähtiessäni huomaan vielä tuttujen haudan, isän ja äidin
läheisten naapureiden ja sydänystävien hautakiven, hyvin
hoidetun hautapaikan. Ovat näköjään kuolleet vasta
joitakin vuosia sitten, ihania ihmisiä. Heiltä jäi tytär,
ikäiseni, jonka äidin nimen kohdalla on maassa terrakotan
värinen ruukku, täynnä hyvin hoidettuja keltaisia
orvokkeja. Hautakiven päällä, äidin nimen kohdalla katsoo
kultasiipinen enkelipatsas kaukaisuuteen. ♠

- Korostan, että en missään nimessä ole kateellinen. Mutta tuo kanadanpiisku on myrkyllinen vieraslaji. Ja kun Siru ei suostu sitä hävittämään, on taloyhtiön yksinkertaisesti ryhdyttävä tarvittaviin ja laillisiin toimenpiteisiin. Eli kaivinkone paikalle, maapohja mylläykseen, piiskut hävitettävä ja lasku Sirulle. On toimittava viivytyksettä, julisti Eero kovaan ääneen, Asunto-osakeyhtiö Westendin Viertotie 5:n hallituksen puheenjohtajana ja hakkasi nyrkillä pöytään kasvot punaisina.
- Oletko nyt aivan varma, että ne piiskut on noita kanadanpiiskuja eikä esimerkiksi kultapiiskuja, jotka eivät kuulu vieraslajeihin, molemmat kun ovat keltaisia ja yhtä kauniita? tiukkasi Silja, Sirun hyvä ystävä ja valitettavan tietoinen yhtiön ja Sirun välisestä kädenväännöstä.
- No tottakai olen varma! Olen tutkituttanut nuo kasvit pätevällä asiantuntijalla ja hän on varma, että myrkkyjä noista voi kulkeutua ihmisiin, varsinkin jos niitä syö edes jonkin verran. Ja tuo Siru on joku semmoinen vege-ihminen eli hän

saattaa olla suuressa vaarassa, todisteli Eero
edelleen pontevasti.

- Höpö höpö, ei Siru niitä piiskuja syö. Annetaan
niiden olla rauhassa, ei ne leipää pyydä.

Laineet kävivät yhtiössä yhtä korkeina kuin Itämeren
syystyrskyt espoolaisen taloyhtiön edustalla. Hulppeat
rantamaisemat, muutama saari näkösällä nököttämässä,
kirkkaan turkoosi meri ja esteetön näkymä olisivat voineet
taata ylellisen ja onnellisen elämän rivitaloyhtiön
asukkaille. Sitä kaikki olivat tulleet kalliilla hakemaan ja
siitä kalliisti maksaneet. Mutta oli jos jonkinmoista
eripuraa. Riidoissa kului aikaa ja rahaa, mistä milloinkin
taisteltiin, yhtiön hallitukset vaihtuivat tuhkatiheään ja
naapurukset saivat väistellä toisiaan Stockmannin
kauppakassit toisessa kädessä ja toinen käsi nyrkissä.

Siru oli tullut yhtiöön toistaiseksi viimeisenä
osakkeenomistajana, kunnostanut vaikean myyntikohteen
upeaksi, valkoisen hohtavaksi pumpulimaiseksi asunnoksi.
Raha oli puhunut, ja naapurit olivat katselleet
kummissaan, hiukan vieroksuen. Siru oli saanut ostaa
halvalla täydellistä kunnostusta vaatineen rivitaloyhtiön
talousrakennuksen, josta yhtiö oli yrittänyt vuosia päästä
eroon. Heti oli työmaalla kääritty hihat ja monenlaisia
remonttimiehiä oli alkanut juosta joka nurkalla. Rakennus
ei voinut koolla kehua, joten tulosta näkyi rivakasti.
Tehokkaasti täytäntöönpantu remontti, tyylikäs
lopputulos, kotoisa ja kaunis pikkukoti, ja jo kohta Siru

tarjosi kaikille naapureilleen samppanjan huuruiset
tupaantuliaiset.

Talo oli Sirun kolmosasunto. Ensimmäinen oli Helsingin
keskustassa, kerrostalolukaali korkealla ylimmässä
kerroksessa, näköala melkein Tallinnaan saakka.
Kakkosasunto Nizzassa, ei aivan rannassa mutta suolaisen
meriveden tuoksuisessa klassisen ylellisessä, ihmisiä
vilisevässä, piukkaan rakennetussa vanhassa korttelissa. Ja
nyt sai kesämökin virkaa toimittaa kolmoskoti Espoon
Westendissä välkehtivän meren rannalla.

Kesämökkiin piti luonnollisesti kuulua vielä laaja, katseilta
suojattu, katettu terassi ja terassille palju. Ei niissä töissä ja
ostoksissa kauaa kulunut, kun Siru jo ystävättärineen
nautti kohisevassa paljussa kuoharia ja kuunteli Chopinin
etydejä. Siinä riitti naapureilla ällistelemistä.

Kohta kohosivat mökin vierustalle kauniit, monenkirjavat
pensaat ja kukkaistutukset, myös nuo riidanalaiset
kanadanpiiskut. Rehevää ja runsasta oli mökin koko
ympäristö, hyvin hoidettua herkkua silmille.

Mukava ja tehokas ihminen tuo Siru, oli liike-elämässä
marinoitunut, tunsi maailman metkut ja osasi tulla
toimeen kaikkien kanssa. Tai ainakin melkein kaikkien
kanssa. Viimeistelty look, musta tuuhea tukka ja vaihteleva
kampaus aina sopivan rennon oloisena, laadukkaat ja
muodikkaat vaatteet, nopea askel ja kopisevat korkokengät.

Uusia tuulahduksia taloyhtiöön. Ei Siru kovin paljon
Westendin kesämökillään oleskellut, mutta aina paikalla
ollessaan nautti täysin siemauksin, usein lastenlastensa ja
hyvien ystäviensä kanssa. Onnistunut projekti ja hyvä
ympäristö nauttia eläkepäivistä - välillä mökillä.

Siru valittiin taloyhtiön hallitukseen ja jo kohta hallituksen
puheenjohtajaksi. Yhtiön talous rivakasti kuntoon,
lämmitysjärjestelmät ja isännöintiä koskevat sopimukset
uusiksi, hallituksen jäseniltä pois kokouspalkkiot ja
hallituksen kokoukset nettiin. Taloyhtiön hallinto voi
hyvin ja tehokkaasti.

-       Vaikka joskus halusin ostaa tuon
        talousrakennuksen itselleni, en siis nyt ole Sirulle
        yhtään kade, korosti Eero edelleen muille
        hallituksen jäsenille.

Eero oli aikanaan tutkituttanut täydellisen remontin
kustannukset, kysellyt kavereiltaan asiantuntevia arvioita,
todennut rahoitusmahdollisuutensa riittämättömiksi ja
surukseen joutunut luopumaan ostohaaveista. Hän oli
insinööri, tarkan miehen maineessa ja tiukka
päätöksentekijä. Jakaus suorassa, vaimon neuloma vihreä
liivi kauluspaidan päällä luomassa harhaanjohtavaa,
leppoisaa tunnelmaa, piippu hampaissa. Hänet oli helppo
ja luonteva valita Sirun jälkeen hallitukseen ja samantien
sen puheenjohtajaksi. Alkoi perusteellinen perehtyminen.
Eero tutki luvat ja leimat, päätökset ja paragraafit.

Ei ollut Siru hakenut terassilleen lupia, ei taloyhtiöltä eikä kaupungilta, ei yhtiön hallitus muutoin ollut mukana kuin ihmettelemässä kaukaa Sirun rivakoita otteita. Rivitalo oli kaupungin vuokratontilla ja vuokra-aikaa oli vuosikymmeniä jäljellä. Ei ollut ihan varmaa, olisiko koko terassia saanut lainkaan rakentaa, ei ainakaan luvitta. Olivat Sirulta ilmeisesti vauhdin hurmassa ja remontin tuoksinassa jääneet paperityöt kesken tai vallan unohtuneet.

Eero ei jättänyt asioita puolitiehen, terassi meni purkuun ja palju myyntiin. Siru ymmärsi oman laiminlyöntinsä ja pahoitteli inhimillistä erehdystään.

Tuo piiskuasia oli kokonaan toinen juttu, sen jyrkkää vastustusta Siru ei voinut tajuta. Mitä ihmeen väliä oli, mikä piiskulaji Espoon rannalla rehotti kauniisti ja runsaana hänen piskuisen mökkinsä ympärillä, kaukana muusta asutuksesta, levittäen iloista keltaista auringon väriä kaikkialle pitkään ja hartaasti koko kesäajan. Ei sitä kukaan ravinnoksi käyttänyt, ei siitä haittaa ollut eikä se estänyt minkään kotoperäisen lajin kasvua. Siru ei suostuisi kalliisiin toimenpiteisiin, ei edes uskonut Eeron ystävän suorittamaan lajimääritykseen eikä ollut valmis mihinkään kompromisseihin. Hänen tilaamansa piiskut saisivat olla paikoillaan, mikään kaivinkone ei tulisi hänen kesämökkinsä ympäristöä kaivelemaan eikä hän taloyhtiön tilaaman urakoitsijan laskua maksaisi. Se olisi varma se!

Saisi taloyhtiö hakea rahansa jotain muuta, virallista oikeudellista tietä. Mutta ensin olisi yhtiön selvitettävä, oliko kasvi haitallinen vieraslaji, olisiko se välttämättä poistettava, vaatisiko laki. Jos näin olisi, saisi taloyhtiö omalla kustannuksellaan hoitaa homman. Alhaisuutta, henkilökohtaista kaunaa osoittivat kaikki vaatimukset. Joku raja pitää olla pikkumaisuudellakin! tuumi Siru

- Kyllä tuo sinun touhusi vähän kateudelta vaikuttaa. Olet nyt tehnyt kärpäsestä härkäsen, yritti Silja toppuutella tietäen tasan tarkkaan, ettei Eero olisi osannut muokata rakennuksesta samanlaista unelmakotia kuin Siru. Siihen tarvittiin tyylitajua - ja paljon.
- Höpö, höpö! Huomenna tilaan kaivinkoneen ja saa Siru maksaa laskun, vakuutti Eero, ääni nousi ja silmät tapittivat vaativina hallituksen jäseniä.
- Ehdotan, että ensin keskustellaan Sirun kanssa asiasta rauhalliseen sävyyn ja yritetään saada asia sovituksi, tasoitteli tilannetta hallituksen kolmas jäsen Pertti, joka ei ollut lainkaan varma, oliko Eero tällä kertaa oikealla asialla, vaikka muutoin hoiti taloyhtiön asiat mallikkaasti.

Äänestyksen jälkeen asia jätettiin toistaiseksi hautumaan, Eero ei saanut hallitukselta lupaa kaivinkoneen tilaamiseen - eikä Siru ryhtynyt kitkemishommiin.

Silja osasi aavistella mitä tuleman piti, hän osasi tarkkailla
Sirun mökkiä sivusilmällä, näki selvänä taloyhtiön
synkkääkin synkemmän, itse aiheutetun kohtalon, suuren
muutoksen ja kaikkien asuntojen arvon alennuksen.

Eero sai kuukauden kuluttua pöydälleen uusia papereita,
ne eivät koskeneet botanistisia määritelmiä. Siru oli myynyt
talon, isolla voitolla. Uudet omistajat olivat Boris ja Sonja
Toropainen, Suomen kansalaisia Lappeenrannasta, mökin
tulevia vakituisia asukkaita, mökki heidän ainoa kotinsa.

Muuttoautot tulivat ja menivät tiuhaan, Sirun tavarat
vaihtuivat Toropaisten vaatimattomiin, 1970-luvun
huonekaluihin. Samalla asettuivat taloksi Toropaisten
kolme haukkuvaa pystykorvaa, oleilivat ja yöpyivät
ulkosalla, kimeä haukku kuului yöt päivät. Toropaiset
olivat 2020-luvulla edelleen innokkaita Suomen
Kommunistisen puolueen jäseniä, ripustivat ensi töikseen
keittiön ikkunasta roikkumaan valtavan Venäjän lipun
kaikkien ohikulkijoiden nähtäville ja kauhisteltavaksi,
soittelivat iltojen iloksi kuuluvasti balalaikka-musiikkia. Ei
liian kuuluvasti. Siitä kukaan ei saanut valittamisen aihetta.

Oli ikävä Sirua eikä taloyhtiön hallitus häiriintynyt enää
millin vertaa alati lisääntyvistä, koristeellisista
kanadanpiiskuista. ♠

HELLYYDEN VARJOT

Heli muisti vielä vuosikymmenten jälkeen tunnelman
neuvolan odotushuoneessa 5-vuotiaan Anun kanssa.
Vaaleankeltaisilla seinillä nauroivat kirjavat kukkaset,
tuhatjalkaiset ja menninkäiset. Punahelttaisesta sienestä oli
maalattu matosille ja muille metsän eläimille kodikas maja.
Anu sai odotellessa ihastella pikkutarkkoja piirroksia,
unohtui pistoskammo. Helillä oli ollut mielessä kysymys,
yksi ainoa kysymys.

Ainakin Anun isä Santtu, Helin ensimmäinen aviomies
tuntui tietävän vastauksen perheen ongelmaan. Hellyyden
raja oli Santun mielestä ei häilyväinen, ylitys saattoi
tapahtua huomaamatta, ei saanut antaa pirulle
pikkusormea. Liika hellyys oli portti epäterveeseen
riippuvuuteen, eroahdistukseen, este itsenäistymiselle. Piti
ryhdistäytyä ja katkaista henkinen napanuora. Sama
Santun nalkutus kuului perheessä päivittäin.

Santtu, matemaatikko, opettaja, kasvanut isättömässä
perheessä jääkylmän äidin ainokaisena. Vieläkin
muodollinen suhde äitiinsä, ei hyvä eikä huono. Toki
Santtu saattoi aina sanoa, että hän huolehti, soitteli silloin

tällöin, korona-aikana useammin, muisti syntymäpäivät, osti joululahjan, joulukukan, vei lääkäriin, saattoi lentokentälle. Merkitsi kännykkään tarkat muistutukset velvollisuuksista. Santun ja äidin elämät tangeerasivat vain viileästi toisiaan hipaisten.

Sama suhde Santulla oli kaikkina vuosina Anuun, ei halannut, ei suukotellut, ei hellitellyt. Ei ollut tottunut sellaiseen. Vain velvollisuudentunto loisti voimakkaana.

Toisin oli Helin, äidin suhde Anuun. Se hehkui pullan tuoksua, läheisyyttä, lämpöä, iloa. Tarvittaessa ärhäkkyyttä leijonaemon lailla, kun piti puolustaa pikkuista tai isompaa Anua kiusaajia vastaan. Härnäsivät muut loistavista kouluarvosanoista, kiltistä käytöksestä, vähemmän muodikkaista ja itse tehdyistä vaatteista, kaikesta kauniista ja pehmeästä. Tollot räkänokat mellastivat Helin mielestä ilkeästi ja näyttivät surkeimmat puolensa. Äidin piti olla vahva.

Anu oli rauhallinen ja paljon omissa mietteissään, erityisesti lapsena. Huono nukkuja, heräili melkein joka yö ja kipitti prinsessakuvioinen tyyny kainalossa äidin viereen. Näin jatkui vuosia. Santtu sai kuorsata omassa makuuhuoneessaan.

Vuodet vierivät kitkutellen, kunnes Santtu haki eroa. Hän syytti Heliä perheen rikkomisesta, ehkä oikein. Heli oli rakastunut työpaikallaan esimieheensä, Eskoon,

intohimoisesti ja sokeasti. Ei silloin kukaan voinut takoa
järkeä Helin päähän, eivät menneet perille varoitukset.
Mies yli 20 vuotta vanhempi, kahdesti eronnut, lapset
melkein Helin ikäisiä. Hurmuriksi tunnettu, söi
kuormasta, oli useita työpaikkaromansseja vuosien varrella.

Ei auttanut mikään, menivät Helin ja Santun häälahjat ja
lakanat jakoon. Oli Helillä syynsä syrjähyppyyn ja uuteen
suhteeseen, avioliitto Santun kanssa oli pitkään tuntunut
etäiseltä, viileältä. Vähän kuin Santtu olisi ollut äitinsä
kanssa naimisissa, velvollisuudet jämptisti ja se siitä. Ei
lämpöä, ei kosketusta.

Romanssi Eskon kanssa herätti Helin uinuneet tuliset
tunteet, ei puuttunut läheisyyttä eikä kuumaa huumaa. Ei
totisesti, sillä Eskon rakastavat otteet näkyivät ja kuuluivat
ympäriinsä. Ensimmäisinä vuosina lämpö oli hallitseva
tunne uusperheessä, Esko täytti hellyyskiintiön
luontevasti ja aidosti, naurua ja hassutuksia riitti. Hyvin ja
iloisesti kului monta vuotta.

Sitten Eskon lämpimät tunteet alkoivat läikähdellä myös
Anun suuntaan. Liian paljon halauksia, suukottelua ja
hyväilyjä, eivät pysyneet Eskon nopeat näpit erossa Anusta,
pitkästä vaaleasta tukasta, rinnoista, pepusta. Esko tuli liian
lähelle. Raja ylittyi reippaasti, lähentely meni överiksi ensin
pikkuhiljaa, sitten selvästi. Anun elämä teini-ikäisenä alkoi
häiriintyä pahasti, elämä kotona ei enää tuntunut
turvalliselta. Pakko erota. Ilmaantui Eskolle myös uusi

työpaikkaromanssi, jäi kiinni rysän päältä. Eipä tarvinnut yksin jatkaa matkaa.

Heli ja Anu, elivät ja asuivat taas kaksin, läheisinä, tukevana turvana toisilleen.

Sitten kaikki muuttui pikkuhiljaa, ilman mitään näkyvää syytä. Mikä karkoitti vuosien kuluessa Anun, miksi viilenivät välit äitiin? Isältä peritty kalseus, äidin uskottomuus ja avioero, pitkäaikainen koulukiusaaminen, isäpuolen pelottava käytös, joku muu paha, kaikki yhdessä, mikä…? Ei riittänyt Helin ymmärrys.

Neuvolan odotustilassa tuoli oli aikanaan ollut sininen, puinen, vanha ja rikkonut Helin sukkahousut. Ei se ollut haitannut, odotus oli ollut mitättömän vahingon arvoinen. Vuosikymmenten jälkeen putkahti tuo neuvolapäivä usein Helin mieleen, koska nyt tukan jo harmaantuessa elämä soljui tyystin toisin. Anu oli etääntynyt, poissa.

Heli istui iltaisin kotonaan Yrjö Kukkapuron valkoisessa Karuselli-nojatuolissa, jalassa Anun koulussa neulomat harmaat villasukat, hiutuneet, jo monta kertaa paikatut, aina yhtä rakkaat. Toisinaan kädessä helmeili viinilasi, aina itse neulottu merinovillainen shaali lämmittämässä jo rapistuvaa kroppaa. Syvänsinisiä, sydämen muotoisia safiirikorvakoruja Heli ei koskaan ottanut pois, ne olivat lahja Anulta Helin täyttäessä kauan sitten 40 vuotta. Annettu rakkaudella, lämmöllä, ajatuksella. Muita

korvakoruja Heli ei tarvinnut. Häivähdys onnea kulki aina
mukana. Tuntuivat nuo ajat kaukaisilta, kuitenkin
lämpimiltä ja suloisilta. Olivat kristallin kirkkaina Helin
mielessä, ei vahvaa onnen tunnetta voinut pyyhkiä
muistoista.

Psykologian opinnot Helsingin yliopistossa olivat olleet
Anun unelma, huippuvaikea päästä tiedekuntaan, mutta
toisella kerralla oli onnistanut. Fiksu tyttö löysi oman
alansa. Sielun sopukat kiinnostivat loputtomiin, ymmärrys
kasvoi vuosi vuodelta, samoin tieto uusimmista
tutkimustuloksista. Mieli oli tutkimaton aarreaitta - vai
oliko se roskakori? Anun ystävät olivat samalta alalta,
valmistuttuaan opettajia tai terapeutteja, toiset tutkijoita.
Anu vielä epäröi uravalintaa.

Perheen perustaminen ei onnistunut, vaikka Anu koki
muutamia läheisiä miessuhteita. Alussa ihastus, mutta 'jos
ei tällä kertaa kuitenkaan, jatketaan ystävinä, opiskellaan
lisää'. Ehkä myöhemmin Anu uskaltaisi ryhtyä
tositarkoituksella vakituiseen ihmissuhteeseen. Mutta ei,
Anulle tuntui kehittyvän vaikeuksia joka saralle elämässä.
Tuli masennus, syventyi syvenemistään ja vei lopulta
työkyvyn. Ei Anu enää jaksanut nousta sängystä, ei
huolehtinut itsestään, ei lääkityksestä, ei ravinnosta.

Valo elämään tuli opiskelutovereilta, juuri vastaanoton
perustaneelta psykologin ja psykoterapeutin tutkinnon
suorittaneelta pariskunnalta, Anun ystäviltä, luottamus jo

valmiina, turvallista aloittaa hoitosuhde. Pro bono, ei maksuja, ystävänpalvelus.

Sovelsivat uusinta tutkimussuuntausta, ongelmat juonsivat juurensa lapsuusvuosiin ja erityisesti äitisuhteeseen. Äiti läheisin, eniten vaikutteita, eniten manipulointia. Siihen oli pureuduttava kaikilla torahampailla, syvällisesti ja perin pohjin. Siinä piili usein pahoja salaisuuksia, esteitä tasapainoiselle kehitykselle, vaaroja tuleville ihmissuhteille. Äidit olivat uusimpien psykologisten tutkimusten vimmainen kohde, piiloutuneet suojaan perinteiseen äitiyden tiheään verhoon, toisinaan vääristyneen laupeuden harhaan. Pahoja pakkopaitoja, epäilivät tutkijat.

Muutaman vuoden intensiiviterapian jälkeen Anu sai lisää voimia, ainakin tuntui jo paljon paremmalta. Ensin oli pitänyt muistella tapahtumia, lukea päiväkirjoja, omia hajanaisia kirjoituksia ja kirjeitä, kysellä koulutovereilta. Oli pitänyt käydä läpi muistoja, oli joutunut itkemään, oli pitänyt repiä sielu apposen auki. Oli pitänyt velloa vanhoissa, kaikesta oli kauan, vuosikymmeniä.

Ei tuntunut lainkaan varmalta muistiko Anu oikein, edes läheskään, vai perustuiko terapia totaalisen vääriin muistoihin. Sitä ei Anu saanut koskaan tietää. Heli olisi tiennyt.

Terapeutit selittivät uusinta teoriaa mukaillen, että kaiken takana oli äiti, liian läheinen, liian kiinteä suhde, liian

avoin, yksinkertaisesti liian paljon äitiä. Suhde oli
muodostunut ahdistavaksi, kahlinnut mielen. Oli Anu itse
epäillyt aluksi toisin, pohtinut viileää isäsuhdetta, liian
intiimiä kohtelua isäpuolen taholta, koulukiusaamista ja
kaikkea näiden yhdistelmää. Lopulta tuo äititeoria oli
alkanut tuntua uskottavalta. Terapiassa Anu oli alkanut
suhtautua äitiinsä kriittisesti, oli löytänyt sopimattomia
puolia äidistä. Äiti oli usein arvostellut Santtua, harmitellut
rahahuolia ja avioeroja, kertonut epäkohdista
työyhteisössään. Aikuisten asioita, olivat terapeutit
arvioineet määrätietoisesti, lapsille vallan sopimattomia.

Heidän ohjeenaan oli, että oli katkaistava henkinen
napanuora, pidettävä etäisyyttä äitiin, toistaiseksi ja
pontevasti. Muistaminen juhlapäivinä ja huomaavainen
paketti jouluna, kaikki kukkien kera suotavia - eikä muuta.
Anu tunsi pettymyksen, pelon, epäoikeudenmukaisuuden.
Voiko olla näin? Äiti, kuitenkin elämän kivijalka, lämmin,
lähellä. Omatunto kolkutti, kolkutti kovaa. Mutta näin oli
hänelle terapoitu. Olkoon siis näin, vaikka väkisin, pahaa
teki ja sydän toista puhui.

Heli koki Anun ja itsensä joutuneen uuden, keskeneräisen
ja epäluotettavan terapiasuuntauksen uhreiksi. Lopputulos
ei voinut olla oikea. Hän toivoi, että Anu ei olisi uskonut
terapeutteja. Tuntui järjettömälle. Tosin ei häntä itseään
ollut koskaan terapoitu, ei hän ymmärtänyt terapian saloja.
Hän oli pärjännyt hyvin, oikeastaan erinomaisesti
kohtaamalla vaikeudet itse, läheisten ja ystävien avulla,

sisulla, päättäväisyydellä. Helin mielestä elämä koostui hyvästä ja pahasta, vaikeudet kuuluivat siihen, ei ongelmia voinut aina perustella vanhojen aikojen kokemuksilla, ei tarvinnut keksiä syyllisiä. Eihän syyllisiä edes ollut! Elämä oli elämää, elettäväksi luotu, hyvät ja huonot päivät. Eikö terapian tarkoituksena ollut helpottaa elämää, ratkaista ongelmia, antaa hyvät eväät tulevaan, neuvot vaikeuksien kohtaamiseen, oman itsensä ja läheisten ymmärtämiseen, suvaitsevaisuuteen, vahvuuteen? Ei kai terapiassa saanut lisätä ja synnyttää ongelmia, rikkoa joka päiväistä hyvää, keksiä olemattomia.

Kyyneleet silmissä Heli muisteli käyntiä neuvolassa vuosikymmeniä sitten, liikutus tuli joka kerta. Yksi ainoa kysymys:

-   Oliko ollut sopivaa, kun pikkuinen Anu oli lähes joka yö kipittänyt hänen viereensä nukkumaan ja oli nukkunut siinä kädet hänen kaulallaan sikeästi aamun saakka? Yöstä toiseen ja vuodesta toiseen, kouluikään saakka. Santtu oli väittänyt isänä ja vastuullisena kasvattajana tietävänsä, että paha, paha, hyvin paha. Näinkö oli?

Neuvolan vanhan ja kuluneen pöydän ääressä oli istunut tuttu kätilö, tunnettu avarakatseisesta viisaudestaan, ymmärryksestään ja erinomaisista käytännön neuvoista. Olivat perheet saaneet avun lapsiperheiden ongelmiin, isoihin ja pieniin.

- Lapsi ei koskaan voi saada liikaa hellyyttä! oli kätilö huudahtanut varmana, empimättä ja lämmöllä, katsonut Heliä myötätuntoisen hellästi ja silitellyt Anun poskia, tukkaakin.

Näin Heli uskoi edelleen, uskoi vahvasti kuin vuori. Syyt Anun mielen sairastumiseen olivat muualla kuin äidissä. Ehkä vielä joskus Anukin uskoisi hellyyteen, opiskelisi elämää ja luottaisi kätilön vahvistamaan ikiaikaiseen viisauteen.

Äidin syli olisi silloinkin lämmin ja Anulle avoin. 

PIKKU HIIRI PISSII

- Täällä pitää heittää löylyä niin kuin pikku hiiri
  pissii, naureskeli Pipa ja lirautti tilkan vettä
  kiukaalle.

Savusaunan ikkunaan oli raapustettu piskuinen aukko,
josta keskitalven iltarusko hiipi hiljalleen sisään. Valoa ei
ikkunasta tullut, pimeää oli. Niinhän savusaunassa tuli
ollakin. Häkälöylyt heitetty, ei kirveltänyt silmiä eikä
kutittanut kurkkua. Noki ja katku karkotettu kauas. Voi
nauttia pehmeästä lämmöstä, huumaavasta savun
tummasta ja makeasta tuoksusta, moninkertaistaa
pimeyden pitämällä silmät kiinni. Pois tästä pahasta
maailmasta, pois sotien kauhuista, uutisten
lohduttomuudesta, juonittelujen järjettömyydestä. Sitä
itteänsä, rentoa nautiskelua.

- Anteeksi, mutta nyt en yhtään tiedä enkä näe keitä
  täällä parvella istuu. Pitää vähän kysellä, onko
  Sadun ja minun lisäksi muita tuttuja, uteli Pipa,
  ojenteli käsiään ja taputti penkkiä vieressään.
  Tyhjältä tuntui. Mitään ei näkynyt.
- No, olenhan minäkin täällä. Heippa hei. Kiva, kun
  tekin pitkästä aikaa olette täällä savusaunan

leppeissä löylyissä. Eipä ole näkynyt Lauttasaaressa teitä pitkiin aikoihin, vastasi vieressä istuva Riikka.

- Voi hyvänen aika, onpa kiva. Nyt voisi sanoa, että äänes kuulen, vaan en sua näe, niinkuin jossain laulussa muistaakseni renkutetaan, vastasi Satu ilahtuneena ystävien yhteisestä läsnäolosta.
- Kaikenlaisia yllätyksiä täällä pimeydessä voi sattua. Tosi kiva, että ollaan kaikki savusaunan onnelassa. Hauskasti sanottu tuo pikkuhiiren pissi. Täytyy varoa, ettei taas kärähdä tämä sauna kuten jo kerran, muisteli Riikka vuoden 2015 Saunaseuran savusaunan paloa.

Silloin tällöin pienet löylyn pihaukset, oikein vähän vettä kiville. Malttia ja rauhaa, sitä pitää olla yllin kyllin savusaunassa. Tålamod, sanoisi ruotsalainen.

- No mitäs kuuluu Riikka? Kerro kaikki, älä salaa iljettäviä yksityiskohtiakaan, naureskeli Pipa.
- Kiitos kysymästä, kyllähän kaikenlaista kuuluu. Muuten on aika hiljaiseloa, mutta tässä iässä kuulumiset valitettavasti liittyy usein terveyteen, siis oikeastaan sairauksiin. En tiedä, saisiko niitä saunassa repostella, eikös täällä pitäisi olla ihan hiljaa tai jutella jotain pinnallista, positiivista ja söpöä. Sitä kun en oo osannu koskaan, jonninjoutavaa semmoinen ollut mielestäni, pohdiskeli Riikka ääneen.
- Anna mennä vaan, rohkaisi Pipa reippaasti.

- No joo, kiitos vaan. En tiedä, pitäisikö tälle itkeä
vai nauraa. Kävin äsken silmälääkärissä, otin ajan
oikein yksityiseltä, kun ei tuo julkinen puoli hoida
silmiä enkä oikein siihen muutenkaan luota.
Halusin vaihtelua, uudet rillit. Tehokkaan ja
iloisen tuntuinen naislääkäri tuntui olevan, puhui
ulkomaalaisittain suomea ja kertoi olevansa juuri
muutaman vuoden kuluttua eläköitymässä,
muuttaisi takaisin Latviaan, kotimaahansa. Ihan
leppoisasti ja huolellisesti kaikki sujui, mutta sitten
hän siinä kesken tutkimustensa vakavoitui ja sanoi,
että nyt löytyi toisesta silmästä valuma. Vähän ajan
kuluttua löytyi toisesta samanlainen. Selvästi oli
jotain outoa, sen vaistosin hänen käytöksestään.
- No, entäs sitten? kyseli Satu uteliaana.
- Kysäisin, että mitäs niille valumille voi tehdä,
tuleeko minulle leikkaus vai mitä. Se lääkäri
naputteli näppärästi tietoja koneelle, tihrusti
näppäimistöä, ei katsonut minua päin eikä perin.
Sanoa töksäytti, että ei siinä mitään voi tehdä.
Tietysti heti jatkoin, että mitäs siitä sitten seuraa.
Sokeus, ilmoitti tämä silmälääkäri. Ihan pokkana
vaan, sokeus. Ei nostanut katsettaan koneelta,
jatkoi naputtelua ikään kuin sokeudessa ei olisi
mitään kummaa, selosti Riikka vieläkin hienoinen
tuohtumus äänessä.
- Herranjestas, pitääköhän tuo edes paikkaansa?
Voiko olla noin? ihmetteli Pipa silmiään hieroen.

Siellä savusaunan parvessa vaihtoivat ystävättäret painoa kankulta toiselle, istuivat ihmeissään. Nokeentuivat selät, mustuivat ajatukset. Kaikilla risteili mielessä epäily silmälääkärin johtopäätöksistä ja moite käytöstä kohtaan. Syntyi usein kohtalokkaita väärinkäsityksiä, oli paljon vieraita termejä, ehkä ei yhteistä kieltä, huolimattomia diagnooseja. Potilaiden täytyi itse olla kriittisiä, piti panna asiantuntijat lujille, ei kannattanut uskoa kaikkea. Aina ei edes uskaltanut uskoa.

- No, jäikö se sitten siihen? kyseli Satu huolestuneena ja etsiskeli lähettyviltä vesisankoa, sillä tunnelman kuumentuessa lämpötila laski laskemistaan.
- Aika vikkelään aloin kerätä kimpsuja ja kampsuja, tein pikaista lähtöä. Lekuri alkoi sitten vielä käydä ihan pyytämättä läpi muita tietojani ja oli sitä mieltä, että minun piti ehdottomasti mennä tutkituttamaan kolesteroli ja verenpaine. Ajattelin, että sen päättävät kyllä ihan muut kuin sinä, mutta en sanonut mitään. Lääkäri rupesi ääneen ajattelemaan, ketä kollegaa hän niihin tutkimuksiin suosittelisi. En ollut pyytänyt suosituksia enkä enää mitään muutakaan, kaikkein vähiten häneltä. Sitten hän katsoi minua oikein syvälle silmiin ja sanoi, ettei pidä ainakaan mennä kenellekään mieslääkärille. Niillä kun on ne killuttimet jalkojen välissä, ne luulee olevansa

vaikka mitä eikä ne mitään ole. Ups, ihan totta,
niin se sanoi! Pyytämättä ja tilaamatta.

Oli kaikkien pakko nauraa, ihan kippurassa, hiki otsassa
helmeillen ja peput mustan nokisina. Voiko olla
kummempaa kuultu lääkäriltä tai keneltäkään?

Ovi kävi, lisää saunojia, lisää löylyn pikku lirauksia
kiukaalle.

-   Ai juu, lopuksi se lääkäri kehotti tulemaan
    uudemman kerran parin kuukauden kuluttua,
    hän voisi tehdä jälkikaihileikkauksen. Se oli
    kuulemma pieni ja vaivaton operaatio, siinä hänen
    vastaanottohuoneessaan. No, ei todellakaan!
    Vilkkaasti toivottelin hänelle mukavia eläkepäiviä
    ja poistuin hippulat vinkuen. Taisi jäädä joku lause
    kesken, mutten jäänyt enää kuuntelemaan lisää
    kuolemattomia elämän viisauksia.

Olipa lääkärillä ollut oudot jutut. Riikka oli topakkana
onneksi käynyt vähän ajan kuluttua toisella silmälääkärillä,
joka oli kumonnut ennusteet sokeudesta. Ikäihmisillä
saattoi näkyä silmissä hienoisia valumia joskus fyysinen
rasituksen jälkeen, vaikkapa portaiden kiipeämisen
seurauksena. Kaukana oli sokeus. Jälkimmäinen lääkäri oli
ollut mies, killuttimet ja kaikki, ne oli Riikka selvästi
havainnut. Hän uskoi kuitenkin mieluummin
mieslääkäriä, tämän varustuksesta huolimatta.

- Tulee mieleen yksi vähän vastaavanlainen tapaus,
lisäsi Satu kokemuksia kurkkuaan rykien.
- Työaikana minulle tuli kauhean kipeä
tenniskyynärpää, varmaan sananmukaisesti
liiallisesta pelaamisesta. Ei ainakaan liiallisesta
työnteosta, heh heh. Työterveyslääkäri,
unkarilainen nainen, oikein miellyttävä ja
ystävällinen hoiti homman hyvin ja määräsi ihan
normaalisti kovia tulehduskipulääkkeitä. Sitten
hän lisäsi, että ihan kaiken lääketieteen
ulkopuolella hän vielä näyttää pikku kikan, joka
joskus tehoaa yllättävästi koviin kipuihin. Hän otti
pöydältään mustapippurin ja näytti sen pyörittelyä
kipukohdassa. Hän korosti, että on todella
epätieteellinen keino, mutta joskus tehokas eikä
hän sitä lääkärinä ikinä käytä ainoana
parannuskeinona. Mutta jos kipu on oikein paha,
kaikkea voi kokeilla, ei pippurilla painelu ainakaan
vaarallista tai vahingollista ole, kertoi Satu vanhoja
työaikoja muistellen.
- Kokeilitko? halusi Riikka tietää muistellen hyviä
kokemuksia valkosipulista, minimaalisiksi paloiksi
pilkottu valkosipulin kynsi sideharsopakettiin - ja
korvaan. Heippa vaan korvasäryt!
- Juu, pitihän pippuria kokeilla. Painallus tuntui
luissa ja ytimissä hiton kovana, koittakaa vaikka. Ei
auttanut, mutta kuulkaa, kun juttu jatkuu.
Kahvipöytäkeskustelussa kerroin työkavereille

pippurista naureskellen ja korostin, ettei lääkäri
sitä minään parannusmetodina esitellyt. Sitten
sain jälkikäteen kauhukseni kuulla, että lääkäri oli
saanut potkut. Kahvipöydässä oli ollut kuulolla
työsuojeluvaltuutettu ja hän oli mennyt
kantelemaan johtavalle ylilääkärille. Oli tullut
työnantajalle totaalisen väärä käsitys. Harmittaa
vieläkin. En mitään tuollaisia seurauksia olisi
halunnut sille mukavalle lääkärille - vaikka olikin
saanut oppinsa muualla kuin korkeatasoisessa
Suomessa. Ai anteeksi, pahoitteli Satu
rasistissävytteistä lipsaustaan häpeillen.

Suomen reilusti yli 20 000 lääkäristä oli vajaa pari tuhatta
ulkomaalaista, monilla potilailla oli heistä kokemuksia
varsinkin julkiselta puolelta. Valtaosa tietysti erittäin hyviä
kohtaamisia, vain erikoiset tai oudot jäivät mieleen ja
lähtivät liikkeelle. Väärinkäsitykset saattoivat elää
vuosikausia. Kaikkea tätä pohtivat ystävykset savusaunan
pehmentäminä.

-   Panenpa minäkin lusikkani tähän soppaan, tokaisi
    Pipa, touhumimmi, savusaunan vakituinen ja
    reipas kuluttaja, avantouimari ja innokas joogaaja.
-   Piti hommata uusi ajokortti, lähestyi tuo 75
    vuotta, mutta ajaa täytyy vielä vaan. Tottakai!
    Tilasin ajan yksityiseltä, julkinen puoli ei taida
    enää pystyä hoitamaan ajokortin uusimiseen
    tarvittavia tarkastuksia. En tiedä, ihan sama. Oli

naislääkärillä ulkomaalainen nimi, mutta kaverit
oli kertoneet, että ihan kiva ja hyvä lääkäri hän oli.
Kun kerroin verenpainetta mitattaessa, että
verenpaine oli varmaan tapissa, kun
mittauspäivänä Venäjä oli just hyökännyt
Ukrainaan ja koko ajan pelkäsin, milloin panssarit
tunkisi Suomeen. Koko sota hirveästi ahdisti ja sitä
päivittelin kovasti ja tuskaisena. Uskokaa tai älkää,
mutta sen jälkeen kuuntelin pitkän aikaa miten
oikeutettu tuo erikoisoperaatio oli, miten
ylimielisiä ja välinpitämättömiä länsimaat oli
olleet. Eivät olleet vastanneet venäläisten kirjeisiin
ja kysymyksiin. Pakkohan oli Venäjän reagoida.
Siellä kuoli kuulemma rajan molemmilla puolilla
vain venäläisiä sotilaita maansa puolesta, kertoi
Pipa lääkärissä käyntinsä kokemuksista.

-   Herranjestas! Etkös sanonut, että erityisesti siviilit
    kärsivät ja kuolevat koko ajan Ukrainan puolella
    yhtä lailla kuin venäläiset sotilaat rintamalla, kyseli
    Riikka kauhuissaan.
-   Eikös lääkäreillä ole jotain velvollisuuksia pitää
    omat poliittiset mielipiteet poissa hoitotilanteesta?
    Törkeää, arvosteli Satu tuohtuneena.

Kaikki länsimaissa tiesivät Ukrainan siviilien kärsimyksistä,
pommituksista asuinkohteisiin, lastensairaaloihin, vankien
kidutuksista, lasten raiskauksista ja vaikka mistä
hirveyksistä. Tuntui kaikilla ahdistus rinnassa, kuinka
korkealla lie verenpaine aina sotaa ajateltaessa.

-   En voinut, kun oli tärkeää saada se ajokortti. Olin
    hiljaa ja sain kortin, naureskeli Pipa.

Harhautuivat mietteet sotiin, meni kaikilla tunteisiin.
Pulahdus vilpoisessa meressä auttaisi karistamaan ajatukset
pois pahasta. Ei enää löylyä, uimaan ja uusiin raikkaisiin
ajatuksiin.

-   Hyvät leidit, ennen kuin menette uimaan,
    haluaisin hieman jatkaa teidän kertomuksia
    ulkomaalaisista lääkäreistä, kuului pimeästä
    nurkasta tuntematon ääni, maltillisesti ja hieman
    naureskellen puheli tuo tuntematon nainen.
-   Taidan olla se työterveyslääkäri, joka sai potkut
    pippuri ehdotuksen jälkeen. Niin minulle tosiaan
    kävi. Aluksi tuntui tosi epäoikeudenmukaiselta,
    yritin saada virkaa takaisin virallisesti kantelemalla.
    Ei onnistunut, vaikka erottamisen peruste oli
    väärä. Potilas oli ymmärtänyt ja selostanut
    pippurijutun aivan oikein, mutta työnantajalle
    asia oli esitetty väärässä valossa. Jouduin pahaan
    pulaan potkujen jälkeen, iski masennus,
    taloudellinen toimeentulo pysyi pitkään
    sosiaalitukien varassa. Meni aika kauan syvissä
    vesissä, mutta sitten aloin käydä suomen kielen
    jatkokursseilla työväenopistossa ja rupesin
    haeskelemaan töitä. Lääkärin oikeudet eivät
    onneksi olleet menneet. Ja nyt minulla on oma

vastaanotto, tulen taloudellisesti loistavasti
toimeen, teen aika lyhyttä viikkoa ja vakituiselta
potilaskunnalta olen saanut paljon kannustavaa
kiitosta. Olen jopa jatkanut luonnonlääketieteen
ohjeistamista joissain tapauksissa, myös
pippurihoidot ovat silloin tällöin tyytyväisten
potilaiden kertoman mukaan tehonneet. Että älä
sinä hyvä lady kanna huonoa omaatuntoa. Kaikki
on oikein hyvin. Oikeastaan minun pitäisi kiittää
sinua. Paras on kuin käy, jotenkin niin taidetaan
sananlaskussa sanoa. Nyt voitte vapaasti mennä
mereen uiskentelemaan, tulen itsekin kohta
perässä. Tervemenoa vaan!

Äimistelivät kuulijat, katsoivat toisiinsa. Tuli nolous, sitten
helpotus, jo tuli ilmoille nauru ja hyvä mieli. Näin pieni oli
maailma. Halasivat kaikki toisiaan, tutut ja tuntematon,
alasti ja noen mustaamina. Vaatteet päällä eivät unkarilaista
lääkäriä tunnista. ♠

SIVIILIPUKUINEN POLIISIPÄÄLLIKKÖ

Tiivis puheensorina, lasien kilistely, naurun remahdukset.
Finlandia-talon aula täyttyi kravattimiehistä,
jakkupukunaisista, salkuista, kansioista, viisaudesta,
tiedonhalusta. Tuttuja joka puolella, kättelyitä, esittelyitä,
uusia kontakteja, aina tarpeellisia ja hyödyllisiä.
Verkostoituminen, päivän sana. Kohta oli aula jo ääriään
myöten täynnä. Pitkä jono baarissa.

Kellon soitto ilmoitti seminaarin alun, väki valui
paikoilleen. Erkki ohjattiin etupenkkiin, juhlapuhuja,
vieraileva professori Oxfordin yliopistosta, karismaattinen
ja leppoisa esiintyjä. Charmantti harmaa tukka laineili
rennosti poninhännällä, siinä rohkeutta ja silmänruokaa
naiskuulijoille. Yleisön odotukset tapissa.

Oli maailma pienoisessa taitekohdassa, ensimmäinen ero
EU:sta mahdollinen. Siitä Erkki oli tullut kertomaan, tiesi
enemmän kuin muut, eli ajan hermolla ja paikan päällä
Lontoossa, oli tunnettu korkean tason kontakteistaan.
Juhlaesitelmän otsikoksi oli valittu 'Exit vai Brexit'.
Britannian ero Euroopan unionista saattaisi olla
ennenkuulumaton takaisku Euroopan kansainväliselle
yhteistyölle, mahdollinen alku joukkopaolle, taloudellinen

katastrofi - vai olisiko? Ajankohtainen ja mielenkiintoinen näkymä kiinnosti älyeliittiä.

Erkki sai etupenkkiin puhelun Seutulasta vaimoltaan Camillalta. Lento Brysselistä oli ollut hiukan myöhässä, mutta Camilla tulisi pikapikaa taksilla, ehkä myöhästyisi muutaman minuutin. Erkki saisi tarvittaessa selittää myöhästymisen yleisölle, sillä myös Camilla tulisi esiintymään seminaarissa, toisi tervehdyksen Brysselistä, pääkallonpaikalta hänkin, väliajan jälkeen onneksi. Hän kuului EU:n talousasiantuntijoihin, toinen lähestymistapa Britannian ja EU:n tulevaisuuteen. Voisi Camilla ehtiä jopa alkuun, miehensä viereen etupenkkiin, jos saisi ensin taksin lentokentän sekasortoisesta taksivalikoimasta, jos liikenne olisi sopivan hiljainen ja jos taksikuski löytäisi uusien liikennejärjestelyjen seasta nopean kulkureitin Finlandia-talolle. Paljon liikkuvia osia, mutta mahdollista.

- Jos en ehdi alkuun, en kyllä ryntää sisään kesken esitelmäsi. Menen baariin samppanjalle ja juhlin meidän hääpäivää. Se on tänään, jos herra mieheni ei sattuisi muistamaan. Tilaan samalla sinullekin, olethan oleellinen osa tätä kaaosta, naureskeli Camilla kiiruhtaessaan kohti taksijonoja.

Erkki nautti esiintyessään vaihteeksi suomalaiselle kuulijakunnalle, fiksuille ja tietäväisille kansainvälisen politiikan ja talouden asiantuntijoille. Innostus sai valtaansa sekä kuulijat että Erkin. Ei ollut yllätys, että läsnäolijat pysähtyivät kuulemaan sujuvaa ja hauskaa puhetta, se oli asiantuntemusta pullollaan. Erkki ennusti kansanäänestyksestä Britanniassa tosi tiukkaa, fifty-sixty oli veikkaus, esityksessä vauhti ja tunnelma huipussa. Yleisö piti kuulemastaan, ei tullut mieleen plärätä kännyköitä tai kuiskia naapurin kanssa.

Taksissa istuessaan Camilla hoputti suomea huonosti puhuvaa kuskia. Sen verran hän sai selville, että Finlandia-talon ympäristössä oli paljon epämääräisiä, juuri aloitettuja katutöitä ja sen vuoksi taksi joutuisi kiertelemään outoja reittejä. Ehtiminen tuntui varsin epävarmalta.

Erkki oli päässyt hyvään vauhtiin esityksessään, pitkässä ja polveilevassa analyysissä. Kuulijat istuivat innoissaan. Ei kurkisteltu kelloja, vaikka aikaa kului, kului paljon. Erkki ylitti reippaasti hänelle varatut kolme varttia, yleisö nautti. Spontaanit kättentaputukset kesken esitelmän ja koko salin täyttänyt nauru peittivät avautuvan takaoven äänen. Siviiliasuinen poliisipäällikkö ja hänen seuralaisensa istuutuivat viimeiselle penkkiriville.

Erkin esitys jatkui ja jatkui. Yleisö janosi ennustuksia, todennäköisyyksiä, tulevaisuuden näkymiä. Ja niitä se sai, kosolti ja asiantuntemuksella.

Ei virkamerkkejä, kaksirivinen takki ja kaulassa kravatti, verenpaine korkealla, näin poliisipäällikkö sulautui

sujuvasti kuulijakuntaan, huomaamattomasti ja
tyylikkäänä. Vain hän tiesi. Takarivissä istuessaan hänen
mielessään risteilivät eri vaihtoehdot miksi hän olisi
hyvinkin voinut olla tällä hetkellä kaukana poissa, mutta
kohtalon oikusta hän nyt kuunteli Erkin esitystä
Finlandia-talossa. Eläkkeellä, stressilomalla tai
virkamatkalla Tallinnassa, poliisipäällikkö olisi erittäin
hyvin voinut olla muualla kuin nyt täällä Finlandia-talossa.
Kaikki vaihtoehdot mahdolliset, vaimon suosittelemat,
todennäköiset. Mutta ei, ne hän oli määrätietoisesti
hylännyt, vielä halusi ja jaksoi hoitaa virkaansa. Työn ilo ja
velvollisuudentunto, siinä parhaat motivaattorit, nyt
flunssanpoikanen oli estänyt virkamatkan Viroon. Ja
kaiken tuon vuoksi hän sai seurata Erkin,
opiskelutoverinsa, hyvän ystävänsä ja perhetutun
menestystarinaa, kuunnella uusimpia tuulia
kansainvälisiltä areenoilta. Salin täytti korkeatasoinen
älyllinen tiedon tulva, yleisöstä huokuva ihailu ja
kunnioitus, loistelias ympäristö. Poliisipäällikön ajatukset
risteilivät Erkissä, heidän yhteisessä elämässään,
kokemuksissaan, iloissaan ja murheissaan. Paljon,
uskomattoman paljon tapahtumia mahtui ystävysten
vuosikymmeniin.

Hersyvä kansainvälinen sisäpiirin vitsi kaiken kruunuksi ja
Erkin esityksen päätteeksi - eikä aplodeista tahtonut tulla
loppua. Erkki huomasi, ettei Camilla ollut kerinnyt
kuulemaan hänen luentoaan, joka oli mennyt reippaasti
pitkäksi ja joka suhteessa yli odotusten. Hän oli tuntenut,

kuinka yleisö oli tempautunut mukaan, syönyt suorastaan
kädestä. Erkin uran huippuhetkiä! Siis heti väliajalla
samppanjalle Camillan kanssa, kunhan ensin pääsisi
yleisötungoksen ja selkään taputtelijoiden ohi.

Sai Erkki ylettömän määrän kiitoksia, kohteliaita
kommentteja ja tsemppitoivotuksia tuleviin tehtäviin.

- Kas, hei hei vanha veikko. Mitäpä miehelle
  kuuluu? tervehti Erkki iloisesti yleisön joukossa
  hänen luokseen tungeksivaa poliisipäällikköä.

Poliisipäällikkö ohjasi Erkin sivummalle, pois muiden
nähtäviltä, rauhallisesti, hiljaisella äänellä, pyysi istumaan.
Hän joutui nieleskelemään, monta kertaa. Keskittyi. Oli
pakko. Edessä oli raskain virkatehtävä minkä hän tunsi, nyt
erityisen painostava. Ylivoimaisen vaikea, kipu ja tuska joka
puolella kroppaa. Hän näkisi elämän pirstoutuvan omien
sanojensa vuoksi, omien silmiensä edessä. Jonkun oli pakko
kertoa, nyt se kuului hänen virkaansa.

Mannerheimintiellä, lähellä Finlandia-taloa oli sattunut
tuhoisa liikenneonnettomuus, kuolonkolari, kaksi uhria.
Taksilla oli ollut ilmeisesti todella suuri ylinopeus, uudet
liikennejärjestelyt ja tietyöt sekoittaneet ajon, auto
suistunut kadun syvään ja laajaan kaivantoon, jäänyt
murskana katolleen, ei mitään tehtävissä.

Eivät löytäneet poliisipäällikön poskille valuneet kyyneleet
Erkin tajuntaan, oli Erkki siirtynyt muualle, kauas mielen ja
ymmärryksen tavoittamattomiin. Unta, pahaa unta,
herättävä elämään, päästävä takaisin tavalliseen päivään.

-   Ei, ei, eiiii! Ei voi olla totta, vastahan minä puhuin
    Camillan kanssa puhelimessa. Ihan äsken. Sano,
    että se ei ole totta, sano. Miksi? Ei voi olla, ei saa!

Poliisipäällikön seurassa ollut SPR:n asiantuntija oli valmis
antamaan kaiken tuen minkä Erkki tarvitsisi. Ei Erkki
häntä nähnyt, ei nähnyt mitään missään.

-   Oletteko ihan varmoja, että Camilla ei odota
    tuolla baarin puolella? Meillä on hääpäivä. Sinne
    hän lupasi mennä. Ei, ei. En usko...

Erkki liukui pois ajasta. Hän muisti ihastuksen,
rakastumisen, yhteiset vuodet, vuosikymmenet, tunsi
rakkauden, myös menestyksen huuman - ja muisti tyhjän
tuolin.

Erkin viereinen tuoli pysyisi tyhjänä. Camilla ei koskaan
enää istuutuisi Erkin viereen. ♠

SUKELLUS RAVUNKUORIEN KANSSA

Lauri oli tullut Kulttuurikahvilaan hyvissä ajoin, se oli
hänen nautintonsa, onnen valmistelua, ei saanut olla
kiirettä. Hyvää ei odottanut koskaan liian kauaa, hän
ajatteli tuttuun tapaansa katsellessaan naapuripöytien
ääressä istuvia monenkirjavia ihmisiä.

Lehmuksenvihreä Gantin pusakka, kaulassa rennon
tyylikkäästi kietaistu ruskeaan vivahtava pystyraitainen
kaulaliina, tukka suittu tiukasti pään myötäisesti ja
leopardisankaiset puiset, pyöreät silmälasikehykset. Lauri
tunsi sulautuvansa kultturelliin ympäristöön
erinomaisesti. Hänellä oli itsevarma olo, hymy elämälle.
Pöydällä kupli punaisen kirjava alkoholiton drinkki,
appelsiininkuori ja turkoosi auringonvarjo koristeina.
Käden ulottuvilla päivän lehti avonaisena, ei alatyylinen
iltapäivälehti. Taustalla laineili vaimea klassinen musiikki.
Mahtavaa, kaikki hienosti, Lauri ajatteli. Kohta oli Ari
tulossa, paljon tähdellistä juteltavaa tiedossa.

Laurilla oli tapana kuvitella, minkälaisia ihmisiä
naapuripöytien ääressä istui, miksi he olivat tulleet juuri
siihen ravintolaan, juuri silloin, juuri siinä seurassa, juuri
siinä asussa. Ei tuntenut mielikuvitus rajoja, mitä
hulluimpia ajatuksia risteili korvien välissä.

Tuossa naapuripöydässä oli selvästi tänne kuulumaton seurue, mietti Lauri. Suurella äänellä kailottavia leidejä, geelikynsiä myöten viimeisteltyjä otuksia, isot käsilaukut täynnä huiveja, meikkejä, hajuvesiä, kännyköitä, varasukkia ja vaikka mitä niistä pursuili esille, kevytuntuvatakit naapuripöydän tuoleilla retkottaen. Olivat selvästi tulleet näyttäytymään, shoppailupäivä lopuillaan, täysinäisiä paperikasseja jokaisella useita, merkkiliikkeistä näköjään. Oli rahaa palanut. Maksoi kuohuviini heidän mielestään liikaa, tarjoiltiin lämpimänä eikä palvelu muutoinkaan miellyttänyt leidejä. Menisivät muualle heiluttelemaan hepeneitään, halvemman kuohuviinin ja sulavamman palvelun perään Narinkkatorin toiselle puolelle, siellä oli heille passelimpia paikkoja, oli Laurin ratkaisu.

Toisessa pöydässä istui eläkeläismies Gin Tonicin ääressä, oli tullut yksin ja yhtä yksin, yksinäisenä lähtisi kotiin juhlajuoman juotuaan. Varmaan tehnyt pitkän uran valtionhallinnossa, huolella ja uskollisena. Ei enää yhteyttä työtovereihin, olivat kaikonneet kuka minnekin, myös lapset kiireisissä ja tärkeissä töissä ehkä Brysselissä, tuskin muistivat soitella isälleen, Suomeen tulo ei kiinnostanut, näin aprikoi Lauri seuraavaa naapuripöydän kohdetta.

Oma värikäs pohdiskelu oli Laurin mielestä parasta, ei väliä menikö syteen tai saveen. Ei kukaan korjaillut, ei tiennyt paremmin, ei keskeyttänyt vikkelää ajatuksenjuoksua, ei häirinnyt mielikuvituksen laukkaa.

- Hei Lauri, vanha veikko! Kuinka hurisee? tervehti Ari pyyhältäen paikalle vaaleanruskeassa trenssissään, tukka kiireestä sekaisena.
- Hellou, hellou! Hyvin menee, nyt on takana neljä vuotta, viisi kuukautta ja kuusi päivää. En ole vielä oikein sinut ravintolaetiketin kanssa, siksi taas hämäyksenä tämä kaunis holiton drinkki, selosti Lauri hiukan anteeksi pyydellen ja ojensi Arille tuolin viereensä.

Siinä istuivat monivuotiset hyvät ja läheiset kaverukset, päivittivät kuulumiset, kertoivat viimeaikaiset työtilanteensa, puhdistivat eduskuntatalon pylväät, ratkaisivat lääkäripulan ja vientivetoisen palkkamallin ongelmat, panivat soten uusiksi. Kyberhyökkäyksiä ja sotia eivät osanneet lopettaa eivätkä uskaltaneet ennustaa lähestyvien Amerikan presidentinvaalien kiemuroita. Oli maailma sekaisin, siitä vallitsi selkeä yhteisymmärrys.

- No, miten elämä nyt sujuu ilman alkoholia? Aika pitkään oletkin sinnitellyt, jo monen monituista vuotta, kyseli kuohuvan oluttuopin äärestä Ari, ystävä parhaasta päästä.

Ari halusi aidosti tietää, oli itsellä ollut monasti mielessä liiallinen alkoholin käyttö ja halu irrottautua siitä. Vain mielessä, ei näkynyt teoissa toistaiseksi mitenkään, ehkä päinvastoin. Vaikea setti pelotti.

- Erinomaisesti menee, en näistä viime vuosista
vaihtaisi päivääkään pois. Sehän oli oikeastaan se
haimatulehdus, joka pakotti lopettamaan. Tiedän
kyllä kavereita, jotka ovat tuosta taudista
huolimatta pystyneet jatkamaan juomista ja ovat
vielä hengissä, mutta minulle sopii hienosti tämä
nykyinen holiton meno. En kaipaa humalaa, en
hulluja humalaisten toilailuja, en krapulapäiviä, en
aamujen rutikuivia kurkkuja ja krapularyyppyjä,
en aamujen ihmettelyä, että tehtiinks me se,
naureskeli Lauri hyväntuulisena, olisi voinut
jatkaa luetteloa pidempään, iltaan asti.
- Joo, kaikkea hullua humalassa on tullut tehtyä,
pohdiskeli Ari ja suki sekaisia hiuksiaan.
- Todellakin. Muistatkos yhdenkin opintomatkaksi
nimetyn risteilyn Tallinnaan vuosikymmeniä
sitten? Firma järjesti, oltiin vielä samassa
duunissa, se insinööritoimisto maksoi ruuat ja
juomat, piikki apposen auki. Ryyppyreissuhan se
oli. Ilmainen viina on holistin surma, oikea
itsemurha. Kuolee siinä samalla moni hyvä
ihmissuhdekin. Viru Valgeta ja muita juomia
kumottiin tonkkatolkulla, yhdessä ja erikseen,
koko matkan ajan, satamasta satamaan. Eikös siellä
käynyt niin, että me laulettiin kaulakkain
Viru-hotellin hississä Eldankajärven jäätä,
komeesti ja kovaa, vedettiin kaksiäänisesti ja välillä
varmaan viisiäänisestikin, kaaduttiin sitten hissin
lattialle eikä päästy enää ylös.

- Niinhän siinä kävi, tosi noloa. Sai muut vetää
  meidät hissistä pois, taisivat kiskoa jaloista niin
  että päät vaan kolisi, ei meitä silloin armahdettu.
  On se ollut varsinainen näky, oli kuulemma paljon
  katselijoita. Hyvää mainosta suomalaisille,
  muisteli Ari vieläkin häpeillen, puna kaulalle ja
  korviin asti nousten.

Lauri ja Ari, vaimot Tuikku ja Mussu olivat
vuosikymmenten aikana viettäneet lähes kaiken vapaa-ajan
yhdessä, iloisia ja värikkäitä vuosia. Lapset olivat olleet
mukana paljon, kasvaneet hyviksi ystäviksi keskenään
hekin. Kaikilla kovalevyllinen railakkaita muistoja omassa
mielen tietokoneessa, ellei humala ollut deletoinut
muistoja pohjattomaan roskakoriin.

- Entäs, kun vaimojen nimet menivät välillä
  sekaisin, puhuttiin Muikusta ja Tussusta.
  Naurettiin, että kummankohan vierestä aamulla
  herätään. Oman vaimon vierestä kyllä herättiin,
  mutta taidettiin me välillä vähän eksyä, vitsaili
  Lauri ja katseli Arin reaktioita hiukan uteliaana.
- Juu, niin taisi todella käydä. Eipä enää tulisi
  kysymykseen, kun ollaan molemmat jo erottu.
  Mussu kyllästyi mun juomiseen ja kaikkeen
  sekoiluun, lähti viime vuonna lätkimään ja sanoi,
  että voidaan tavata sitten joskus, kun olen selvillä
  vesillä. En ole vielä löytänyt hyvää ryyppääjää
  kaverikseni, yritti Ari keventää kohtaloaan, vaikka

selvästi näki ja kuuli, että oli alamaissa ja huonossa
kunnossa mies.

- Kuulin, että olet eronnut Mussusta. Meille kävi
aivan päinvastoin tai oikeastaan samoin, paitsi eri
syystä. Tuikku alkoi valitella, että ilman viinaa
minusta tuli kuulemma todella tylsä tyyppi, en
enää lähtenyt ulos, en tullut mukaan juhliin, me ei
järjestetty mitään kekkereitä, ulkomaanmatkat jäi
kun kotona vaan halusin istua ja nauttia elämän
rauhasta. Oli liian tasaista, liian pitkäveteistä, liikaa
telkkarin katselua ja lehden lukua Tuikulle. Hän
vaihtoi minut yhteen baarimikkoon, ovat vissiin
kovin rakastuneita. Sitä se tissuttelu teettää, selosti
Lauri viimeaikaisia tapahtumia perherintamalta.

Istuivat välillä hiljaa Lauri ja Ari, muistot nakersivat
ajatuksia, kunpa olisi aikanaan voinut toimia toisin.

- Entäs, muistatko Lauri ne yhdet railakkaat
rapukekkerit meidän mökillä Rantasalmella,
kauniin ja pläkä tyynen Saimaan rannalla, ne
juhlat laiturin päässä. Mahtava elokuun kuutamo,
rapuja maha täynnä, päässä liikaa Slivovitsia ja
Koskenkorvaa, laulu raikui vastarannalle ja sieltä
vastattiin meille laululla samalla mitalla. Oi sitä
iloa ja riehakasta eloa! Sitten sinun piti käydä
puskapissalla, nousit ylös ja lensit komeassa
kaaressa selkä edellä suoraan järveen. Olit
tarrannut kiinni rapuvatiin ja siellä sitten pärskit

vedessä hullun lailla keskellä punaisia rapujen kuoria ja mustia peräsuolen pätkiä. Tuikku kerkesi ottaa siitä kuviakin. Siihen aikaan kännykät ja kamerat ei ollu yhtä tarkkoja kuin nyt, niin että ne kuvat on hyvinkin epätarkkoja, mustia söheröitä niin ettei sua sieltä muut tunnista.

- Onneksi todella epätarkkoja, en paljon halua tuota muistella. Silmälasit siinä hötäkässä olin tallonut niin, että loput lomasta jouduin viettämään puolisokeana. Sai Tuikku ajaa kotiin, kun en mitään nähnyt. Ja varmaan promillerajakin olisi rikkoutunut roimasti, jos pollarit olis päässy puhalluttamaan mut. Hulluja juttuja sattui meille humalassa aina - ja paljon, muisteli Lauri päätään puistellen.

Eteenpäin elävän mieli, katse kirkkaaseen tulevaisuuteen ja uusiin tuuliin. Uudet juomat pöydällä ja uudet ajatukset päässä.

- Tuota Ari, oli minulla vähän asiaakin sinulle.
- Ai, no mitä on miehellä mielessä?
- No katsos, kun tämä aika ilman alkoholia on saanut minut tuntemaan itseni uutena miehenä. Oma identiteettini on valjennut minulle syvällisellä, rehellisellä tavalla. Olen paljon pohtinut asioita, pikkuhiljaa etsinyt ja tunnustellut itseäni. Jutellut perusteellisesti terapeuttini kanssa.

- Ai, olet oikein käynyt kallonkutistajan luona.
  Kauanko olet käynyt terapeutin puheilla? kyseli
  Ari ihmetellen.

Ei Lauri aikaisemmin ollut paljoa syntyjä syviä mietiskellyt,
oli ollut tunnettu ennemminkin reippaana teko- ja
panomiehenä. Täyttä vauhtia eteenpäin, taakse ei katsellut.

- Kyllä tässä on jo pari vuotta vierähtänyt, todella
  tarpeellista ollut tarinointi terapeutin kanssa.
  Minulle on selvinnyt oma, aito identiteettini.
  Terapeuttini on kovasti kannustanut etsimään
  itseäni lisää. Etsivä löytää, niinhän sanassakin
  sanotaan.
- Ja mitäs sulle on selvinnyt? ihmetteli Ari, hörppäsi
  kuohuvaa ja nuoleskeli huuliaan. Herkkua oli!

Lauri piti taukoa, nieleskeli ja rykäisi kurkkua, katsoi Ariin
vaivihkaa, rohkaisi mielensä ja kielensä.

- Älä nyt pelästy, mutta olen tullut siihen tulokseen,
  että olen seksuaaliselta suuntautumiseltani homo.
  Sananmukaisesti selvä homo, heh heh, naureskeli
  Lauri hersyvästi mutta arasti.
- Ei voi olla totta!
- Kyllä se vaan on totta, olen tullut kaapista ulos
  karmit kaulassa niin että rytisee. Kaapista tulo on
  ollut tosivapauttavaa ja voimaannuttavaa. Mutta
  vielä tärkeämpää on yx juttu...

- Ai vielä tärkeämpää, voiko enää olla? hämmästeli
  Ari niin, että siemaisi oluttuopillisen loput kerralla
  osan juomasta rinnuksilla valuen.
- No juu, katsos, kun olen ymmärtänyt, että
  tunteeni sinua kohtaan ovat enemmän kuin
  ystävyyttä. Kuule Ari, taidan rakastaa sinua, olen
  varmaan rakastanut kaikki nämä vuodet. Voisiko
  sinulla olla samanlaisia tunteita? Siis minua
  kohtaan. Olen ollut vähän huomaavinani...

Arin silmät revähtivät tapittamaan Lauria, suu jäi auki,
sanat juuttuivat kurkkuun.

- Hyi helvetti! Kuules Lauri, nyt mulle tuli kiire,
  pakko lähteä, pois ja vähän äkkiä! Jos sulla ei ollut
  muuta, niin tämä oli tässä. Heippa vaan ja hellät
  tunteet! Palataan, kun olet tutkinut identiteettiäsi
  lisää ja löytänyt sen entisen nastan Laurin. Se oli
  hyvä jätkä, se hetero. Hellurei, äläkä soittele
  perään. Hyvää elämää sulle, mun on nyt mentävä!

Ei varsinaisesti yllättänyt Lauria, oli hiukan osannut
odottaa ja pelätä vastareaktiota, mutta sisimmässään
toivonut toista. Jäi istumaan paikalleen, silmät maahan
luotuina, hartiat alas painuneina. Olisi Ari voinut pieneksi
hetkeksi pysähtyä, olisi antanut selittää, olisi voinut
kuunnella, olisi osoittanut hitusen myötätuntoa ja yrittänyt
ymmärtää, ystävä. Olisi voinut muistella, miten usein oli

kaulaillut Lauria, istunut liki ja taputellut. Antanut
vihjeitä. Väärin viestinyt.

Näin pohti pettynyt, sielunsa ja sydämensä avannut mies.
Oli alaston ja raadeltu olo, surumieli.

Ei Lauri kauaa murehtinut, vinkkasi määrätietoisesti
uuden drinkin.

- Tuplavodka ja yksi jääpala. Kiitos ja nopeasti!

Lauri tunsi kohta riemullisesti alkoholin nostattaman
hyvän olon tunteen. Liian monta vuotta oli edellisestä
kerrasta, hurskastelua elämä ilman alkoholia. Ihan paskaa!

Hiipi hyvä olo lasin tyhjentyessä. Menivät välillä silmät
kiinni nautinnosta, mukavista ajatuksista, onnellisista
muistoista ja uusista, valoisista suunnitelmista. Vielä hän
kumppanin löytäisi, etsisi ja varmasti löytäisi.

- Toinen samanlainen, kiitos! Kylläpä alkoholi
  maistuu taivaalliselle! ♠

MALTILLINEN MAKSAJA

- Hei, kuulkaas kaikki. Meillä taitaa olla
  paikkakunnalla pienoinen ongelma. Oikeastaan
  tosi kummallinen juttu, aloitti peltisepänliikkeen
  omistaja Pekka.
- Oho, nyt kaikki hiljaa! Pekalla on meille asiaa,
  komenteli Paula, yrittäjien energinen ja
  kovaääninen puheenjohtaja koettaen saada
  ilakoivan väen vaikenemaan oluttuoppiensa
  äärestä.

Pohjois-Pohjanmaan pienessä kaupungissa olivat yrittäjät
perinteisillä kuukausikaljoilla. Vanha tunnelmallinen baari
oli täyttynyt innokkaista eri alojen nokkanaisista ja
-miehistä. Pitkästä aikaa porukat koolla kuuman kesän
jäljiltä, oli paljon kerrottavaa ja kuunneltavaa,
paikkakunnalla oli sattunut ja tapahtunut, isoja ja pieniä
uutisia kerrottavana. Istui pöytien ääressä
kiinteistönvälittäjiä, kampaajia, pari kauppiasta,
sähköasentaja, peltiseppä, optikko, it-alan yrittäjä ja vaikka
sun ketä.

- Juu, olin nääs pari päivää sitten kävelemässä tuolla
  järven rannalla, ihan rauhassa siinä tiirailin lintuja

kiikari kaulalla. Syksyn kirkuvia muuttolintuja oli
aivan valtavasti. Yhtäkkiä yks outo nainen hyppäsi
kaulaan! Ihan sananmukaisesti hyppäsi ja rutisti
mua valtavalla voimalla, pitkän aikaa. Ikuisuudelta
se tuntui. Rupesin rimpuilemaan ja yritin katsoa,
tuntisinko tuon donnan, en tuntenut. Sitten se
pälyili ympärilleen ja lähti kiitämään. Jotain se
mennessään mutisi, että sori vaan. Olettekos
kokeneet vastaavaa? Onkos täällä joku bimbo
enemmänkin liikkeellä vai onko vanha charmi
edelleen vastustamaton? naureskeli Pekka.

Puheensorina hiljeni. Pekka oli nuorena ollut komea,
salskea ja urheilullinen, oikea unelmavävy, mutta edusti nyt
jo varttuneempaa kaljamahaista ukkopoppoota. Ei
varmaankaan Pekan charmi ollut lennättänyt naista hänen
kaulaansa, tuumivat läsnäolijat hymyillen ja hiljaa
mielessään.

- No kyllähän on erikoinen tapaus, naureskeli
  Osmo, kiinteistönvälittäjä jo toisessa polvessa.
  Tunsi kaupungissa joka talon ja tönön viimeistä
  kellarin sopukkaa myöten.
- Nyt mulla rupeaa kellot kilkattamaan. Minkäs
  näköinen tämä syöjätär oli? kyseli haastemies Ilpo.
- Iso se oli, tukka nutturalla, punertava takki, tosi
  voimakas hajuvesi. Paksut silmälasit, ne painoi niin
  pirusti mun kaulaa, nuttura vaan tutisi. En siinä
  hötäkässä oikein kerennyt tarkempia

tuntomerkkejä huomata. Oli se niin omituinen
tilanne. Ei sentään käynyt pelottamaan, naureskeli
Pekka ja pullisteli hauiksiaan.

- Tänne on viime keväänä muuttanut etelästä yksi
juristinainen, isokokoinen, puhuu vähän
ruotsalaisittain suomea. Vaalea nuttura, silmälasit
ja huomiota herättävä, vähän erikoinen
pukeutumistyyli, sellainen 70-luvulta. On erittäin
maltillisen maksajan maineessa, naureskeli Ilpo.

- Juu, tuo uusi lakiasiaintoimisto on kyllä
huomattu. Minullakin on pari perittävää, joista
olen ajatellut mennä juttelemaan. Samalla pitäisi
vissiin kysyä, josko hän haluaisi liittyä meihin
yrittäjiin. Voisi tulla esittäytymään tänne
kuukausikaljoille, kertoi ajatuksistaan it-firman
omistaja Seppo.

- No sittenpähän menet oikean asiantuntijan
luokse, naureskeli Ilpo.

- On ainakin tuolla juristilla rutosti omia
maksamattomia laskuja, kokemusta on. Olen
yrittänyt löytää häntä jo jonkin aikaa. Kai sieltä
toimistosta joskus saisi kiinni, jos tarpeeksi
odottaisi. Ei ole minulle vielä ovea avannut. Paljon
on papereita odottamassa, haasteita sylillinen,
saamamiehiä etelä pullollaan, jatkoi Ilpo, sinnikäs
valtion virkamies, jonka kynsistä vain harva pääsi
karkuun.

Kuukausikaljat olivat suosittuja, osanottajat tuttuja jo vuosien ajalta, paikallisia eri alojen ja jotkut monennen polven yrittäjiä. Vertaisyrittäjyydestä oli apua ja iloa, hyvä rentoutua ja vaihtaa kuulumisia. Ei ollut keskinäisiä riitoja, neuvotellen sovittiin kavereiden kesken. Pari hankalaa yrittäjää oli vuosien varrelta muistissa, mutta ei enää.

- Ettei vain olisi sama nainen, joka osti alkukeväästä Finnbergin perikunnalta sen mahtavan kiinteistön. Hulppea paikka ja upeat rakennukset. Oli aikamoisia vaatimuksia ennen kuin kaupat lyötiin lukkoon. Myyjien piti pestä ikkunat, uuninluukku ja hella, piti luututa parvekkeen lattia ja maalata kaide, haravoida piha. Paikat oli kyllä ihan puhtaat minun mielestäni aikaisemminkin ja pihakin ihan ok-kunnossa. Nyt kaupan jälkeen on ostaja esittänyt vielä jos jonkinmoisia vaatimuksia, hinnanalennusta mitä erilaisimmilla perusteilla. Oikea riesa, päivittäin soittelee ja vaatii käymään, tänäänkin. Koko ajan kimpussa, tuskaili välittäjänä toiminut Osmo päätään puistellen ja tukkaa haroen.

Pakko hakea lisää lohduttavaa ja neuvoa antavaa olutta, nopeasti. Oli baaritiskille muodostunut pitkä jono.

- Hei, taitaa mullakin olla kokemuksia, otti keskusteluun osaa autokorjaamon omistaja Ville.

- Yksi rillipäinen nutturapää pyysi keväällä
katsomaan autoaan, kun ei startannut. Akku oli
loppu ja meni vaihtoon. Mielestäni hoidin
homman hyvin, uusi akku ja sillä selvä. Mutta ei
maksanut laskua. Karhusin monta kertaa, aina
lupasi ja lupasi, mutta rahaa ei vaan kuulunut,
notkeasti väisteli. Sitten otin oikeuden omiin
käsiin. Tiesin, missä auto seisoi ja täällähän ei ole
tapana lukita autoja, näitä pikkupaikkakunnan
etuja. Nappasin akun kainaloon ja juoksin
vikkelästi karkuun, heh heh. Ei ole leidistä
kuulunut sen koommin. En tiedä, menikö ihan
pykälien mukaan, mutta eipä sillä ole väliä. Ollaan
ainakin sujut sen hiivatin nutturapään kanssa.
Pirautin pari puhelua ja varoittelin lähellä toimivia
meidän alan yrittäjiä, etteivät sorru laskutukseen,
jatkoi Ville naureskellen.

Villen reippaat otteet saivat hyväksynnän, joskin hieman
liikkeenharjoittajat arvuuttelivat oman käden oikeuden
käyttöä. Nostivat peukkua, joskus oli pakko toimia
riuskasti, viis pykälistä.

- Sama leidi taisi käydä mulla kampaamossa
asiakkaana. Otti päähieronnan, leikkauksen,
raidat, nutturan kampauksen, kaikki viimeisen
päälle. Kun tuli maksun aika, selitti että oli
pankissa ollut niin paha kyberhyökkäys, ettei
automaatti toiminut. Ei ollut saanut nostettua

rahaa. On vieläkin sama hyökkäys vissiin, iso velka edelleen maksamatta, tuhisi Paula harmissaan ja tilauskirjaansa selaten. Velka maksamatta jo melkein neljä kuukautta.

- Nyt minulla taitaa ihan oikeasti sytyttää, jatkoi Ilpo, haastemies parhaasta päästä.
- Se nainen rannalla pelästyi varmaan haastemiestä ja yritti piiloutua siellä puistossa, kun se hyppäsi Pekan kaulaan. Luuli Pekkaa minuksi. Mehän ollaan Pekan kanssa vähän samannäköisiä, ainakin isoja ja vatsakkaita. Jos se yritti pakokauhun vallassa vimmaisesti välttää haastamisen, normimeininkiä kun ei ole rahaa. Jos se ei kaukaa tunnistanut henkilöä ja teki perinteisen Hollywood-tempun, pani naaman piiloon. Tulee läheltä piti -tilanteita katsojien kauhuksi, kun poliisit kulkee murhaajan ohi eikä huomaa intohimoisesti halailevaa ja pussailevaa rikollista, naureskeli Ilpo.

Haastemiehet olivat tottuneita kaikenlaisiin piilotteluihin. Joskus piti huomata pakoileva haastettava puun oksalta tai ojan pohjasta, joskus sängyn alta.

- Tulee mieleen joku silmälasifirman televisiomainos, kun tyyppi luulee kauempana olevaa kaktusta kaverikseen ja kummastelee, kun se ei tervehdi. Käynti optikolla auttaa, naureskeli

Paula niin että vatsa hytkyi ja valkoinen
hammasrivi kimmelsi.

- Hei, sama nutturapää taisi käydä meidän kaupassa
ja yritti ostaa tietokoneen velaksi. En uskaltanut
suostua, ei ole tapana varsinkaan tuntemattomille.
Taisin olla tällä kertaa ihan fiksu. Enkä mene
juttelemaan firman saamisista lakitoimistoon,
muuttuvat varmaan saamiset veloiksi sen naisen
nutturan tutinassa, pohti it-asiantuntija Seppo
paikkakunnan kummallisesta asukista.

- Ehdotan, ettei tuota kaulaan hyppivää lakinaista
kutsuta yrittäjiin eikä ainakaan esittäytymään
tänne kuukausikaljoille. Ei tiedä, jouduttaisi
maksamaan sen kaljat ja vaikka mitä muuta,
ennusti Pekka pää pyörällä kuulemastaan.

- Onhan tuo ihan ymmärrettävä ehdotus, Pekka.
Mutta jos käytetään vähän psykologiaa, olisi
parempi tutustua lakinaiseen. Jos oltais kavereita,
ei hän varmaan kehtaisi jättää laskujaan
maksamatta, pohdiskeli Ilpo toiveikkaana.

Tuumivat ja aprikoivat tilannetta. Ilpon ehdotus sai
vaimeaa kannatusta ja ymmärrystä, kai siinä olisi järkeä.
Paula puheenjohtajana sai tehtäväkseen ottaa kontaktin ja
pyytää tutustumiskäynnille.

Ei löytynyt nutturapäätä, oli lakinainen haihtunut
paikkakunnalta. Asuinkiinteistön pihalle oli jäänyt auto,
joka ei startannut. Rakennuksen keittiö oli siivoton,

samoin terassi ja pihapiiri. Tilat loistivat tyhjyytta, oli viety kiuaskivetkin. Vaati paljon töitä saada paikat ennalleen.

Ei kulunut kauaakaan, kun Ilpon työpöydälle haastemiehen toimistoon tupsahti monta tiedoksiantopyyntöä. Villeä vastaan oli nostettu syyte oman käden oikeudesta akkujutussa, ei virallisen syyttäjän toimesta, vaan taustalla oli nutturapää, maltillinen maksaja. Osmo sai vastata käräjillä väitetystä petollisesta kiinteistökaupasta ja Finnbergin perikuntaa vastaan nousi kanne kiinteistökaupan purkamiseksi. Taas asialla nutturapää, ärhäkkänä ja periksi antamatta. Paula selvisi säikähdyksellä, saivat unohtua kampaamon saamiset ettei nousisi suurempi rähäkkä. Huh, likeltä liippasi!

Kuukausikaljojen tunnelma muuttui. Ei enää tarvinnut hillitä naurua, ei auttanut vertaistuki. Apeat olivat ilmeet ja puheet pessimistiset. Kaikkia harmitti niin että sappi savusi. Rahaa paloi käräjöinteihin uskomattomia määriä. Villen autokorjaamo joutui ahdinkoon, Osmon välityspalkkiot hupenivat asianajajien pohjattomiin taskuihin.

Raskaita olivat oikeudenkäynnit, ei niitä saatu loppumaan millään, valtavan sinnikäs oli nutturapää. Osoittautuivat kaikki oikeudenkäynnit hänelle häviöiksi. Paikallisille yrittäjille tuli voitto toisensa jälkeen. Oikeuden päätöksissä velvoitettiin lakinainen maksamaan kaikki oikeudenkäyntikulut, omat ja vastapuolen, valtavia olivat.

Niin luki tuomioissa, selvästi luki. Omien asianajajien
laskut oli yrittäjien tietty pitänyt maksaa jo aikanaan,
ajoissa ja nurisematta.

Oikeuden voitolliset päätökset osoittautuivat
yrittäjäpoloisille pelkiksi musteella sotketuiksi papereiksi.
Oli nutturapäällä paljon ulosmitattavaa jo entuudestaan
eikä tuloja tai omaisuutta ilmaantunut lainkaan. Koko
omaisuus huvennut ja haihtunut vuosien saatossa muihin
ulosmittauksiin. Jäivät yrittäjät hämmennyksiin,
innostunut tunnelma latistui. Tämäkö oli oikeus?

Ville menetti autokorjaamon konkurssissa omaisuutensa.
Siinä menivät panttina olleet omakotitalo ja kesämökki.
Kiinteistöjen välittämisestä oli tullut Osmolle liian
vaarallista puuhaa.

Villen ja Osmon perustama, seutukunnan ensimmäinen
meditaatio- ja joogastudio sai osakseen suuren suosion.
Sille oli valtava tarve samoin kuin mielenterveyspalveluille
ja unilääkkeille.

Rahaakin olisi tarvittu ja paljon, mutta eihän se puissa eikä
kuukausikaljoille kasva. ♠

LAUANTAIPULLO

Karmaiseva huuto herätti jätekatoksen viereisessä rivitaloasunnossa juuri nukahtaneen eläkeläisrouvan, Sirkka-Liisan. Iso harmitus, sillä hänen oli eläkeaikana yhä vaikeampi saada unenpäästä kiinni, ja juuri nyt tuntui uni maistuvan niin makoisalle. Ei päivälle ollut ohjelmaa, olisi saanut nukkua vaikka puoliin päiviin asti.

Oli synkän harmaa aamun sarastus Jyväskylän liepeillä. Sateet pisaroivat kattoon ja keltaiset lehdet putoilivat koivuista. Rivitalon asukkaat olivat pikkuhiljaa yksi toisensa jälkeen heräilemässä.

Karjunta jatkui ja jatkui.

Ensimmäisenä herännyt ja leipomohommiin suunnistanut Vertti, Sirkka-Liisan naapuri, juoksi jätekatosta ympäri roskapussi kädessä ja huusi täysin palkein, hysteerisesti ja vailla järjen häivää.

-   Mikä sulla on? Selitä nyt hyvä mies, tiukkasi paikalle saapunut, silkkisessä aamutakissa hytisevä Sirkka-Liisa ystävältään, yritti rauhoitella miestä ja saada selvää huudosta.

- Siltä näkyy tukkaa, veristä tukkaa, ihan hirveetä! sai Vertti sanotuksi, silmät harottivat ja järjetön huuto jatkui.
- Herranjestas, mitä sinä sanot? Mikä tukka ja mitä verta? kyseli Sirkka-Liisa kauhuissaan ja yritti saada Vertin sanomasta jotain tolkkua.
- No kato ite jos uskallat. Roskiksessa on ruumis ja sen pää on ihan veressä!

Poliisit löysivät roskalaatikosta kukalliseen pussilakanaan käärityn ruumiin.Verinen pää oli jäänyt hiukan lakanan ulkopuolelle, mutta muutoin ruumispaketti näytti huolellisesti kääriltä. Ruumis, eikä enää ollut mitään tehtävissä.

Saman rivitalon yksiössä nukkuivat Jere ja Minna pois vahvaa humalaansa. He olivat äskettäin tutustuneet Outamon lastenkodissa Lohjalla, paikan piti olla turvallinen ja hyvä koti tarvitseville. Siellä oli tarkoitus saada 14-17-vuotiaat epävakaat lapset raiteilleen, saavuttaa heidän luottamuksensa ja sitä kautta parempi tulevaisuus. Kartanoympäristö vehreän luonnon keskellä, vain tunnin ajomatkan päässä Helsingistä, opetusta ja ohjausta, paikalla luotettavat ja asiansa osaavat ohjaajat. Virikkeitä ja vaihtelua. Menneisyyttä ei voinut enää muuttaa, mutta hyvän elämän oli tarkoitus odottaa Outamon nurkan takana.

Ja paskat! Siitä Minna ja Jere olivat yksimielisiä.
Kiusaamista ja räyhäämistä siellä oli, huoneet likaisia, seinät
pahvia, ruoka suurta shittiä, kännykkää sai käyttää vain
tunnin päivässä ellei ollut kokonaan kännykkäkiellossa. Piti
osallistua kouluopetukseen, maalaus- ja askartelutunneille,
yksilöterapiaan - ihan kuin ne olisivat poistaneet kaiken
sysimustan syvältä mielen uumenista. Piti saunoa ja uida
jääkylmässä vedessä, liikuntaharrastukset olivat pakollisia ja
nukkumaan piti mennä vauvojen aikataulussa. Mönkijöitä
mainostivat, mutta niillä voi ajella vain, kun opettajan
silmä vältti. Ohjaajat oikein kiihottivat varkauksiin,
hölmöjä olivat. Huolenpitoa ja opetusta sai muka
yksilöllisesti ja asiantuntevasti. Ei todellakaan saanut,
siitäkin olivat Minna ja Jere yhtä mieltä, sysipaskapaikka.
Sieltä oli päästävä mahdollisimman nopeasti pois.

Minna ei oikeastaan enää olisi saanut asua Outamossa, hän
oli 19-vuotias. Mutta koska hän ei sopeutunut minnekään
muualle, oli Outamo pakkorakosessa ainoana soveliaana
sijoituspaikkana. 14-vuotias Jere opetteli vasta talon tavoille
eli rikolliseen elämään ja hatkoihin. Minna oli
hatkakonkari, hän osasi avata lukitut ovet ja ikkunat.
Tuntui, että ohjaajat ja opettajat olivat pelkästään
hyvillään, kun porukka oli karkuteillä. Olipa vähemmän
vahdittavia ongelmatyyppejä.

Tällä kertaa hatkat olivat ulottuneet harvinaisen pitkälle,
Jyväskylän seutuville. Virolainen rekkakuski oli ottanut
Minnan ja Jeren kyytiin, ja siinä oli vierähtänyt alkoholin ja

seksin huuruisesti pari päivää oikein rattoisasti. Matkan aikana kuski oli tarjonnut avokätisesti juomia ja saanut yhtä avomielisesti seksipalveluita sekä Minnalta että Jereltä. Siihen kaupankäyntiin kaikki olivat jo vuosia sitten tottuneet, ei millään mitään väliä. Ainahan on maksettava, eikös juu, niinhän laulussakin lauletaan. Virolaiskuski oli matkan aikana kertoillut värikkäästi menneisyydestään, takana oli useita vankilavuosia Virossa ja Suomessa, lähinnä asuntomurtoja. Oli jokunen vanhuskin tullut ryöstetyksi. Ei ketään kiinnostanut, olivatko jutut totta vai pelkkää yletöntä rehentelyä.

Minna ja Jere jäivät kyydistä Jyväskylässä Keljon kauppakeskuksen parkkipaikalla ihmetellen, missä päin Suomea he mahtoivat olla. Kauppakeskuksen baarissa vierähti tovi, kunnes he tutustuivat paikalliseen Taaviin, nuoreen alkoholisoituneeseen eläkeläiseen, jonka arvomaailma kohtasi Minnan ja Jeren mielentilan, jonka kukkarossa oli vielä rahaa, ja joka asui kaupungin tarjoaman uudehkon rivitalon vuokrayksiössä. Parvekkeella kuulemma olutkorillinen odottamassa sihauttelua.

- Taksi alle ja sun kämpille! oivalsi Minna heti mainion tilaisuuden eikä vastaväitteitä kuulunut miltään suunnalta.

Matkalla sujahtivat Supermarketin siideritölkit huomaamattomasti porukan pusakoiden sisälle ja

olutpakkaukset tarttuivat näppärästi juoksussa kainaloon.
Ei kauppakeskuksen henkilökunta tuntunut olevan
erityisen innokas lähtemään näpistelijöiden perään, heitä
oli turvallisempi ja vaivattomampi seurata kaukaa sivusta.
Valvontakameroiden kuvat riittivät vakuutusyhtiöille ja
asiallisiin korvauksiin.

Raskasta oli piilotettujen juomien kantaminen, mutta kun
tuttu taksikuski ampaisi salamana liikkeelle, päätyi porukka
iloisesti naureskellen Taavin kämppään perehtymään
saaliiseen ja tutustumaan paremmin toisiinsa.

Minna, punatukkainen, uhkeapovinen neitokainen,
kroppa täynnä tatuointeja, metallikoruja siellä sun täällä ja
viiltoja käsivarsissa. Hän esitteli mielellään ja ylpeänä
viiltojaan ja kertoi, että vain viillellessään hän sai todellisen
elämän tunnun. Kipu oli aitoa elämää, sen kesti helposti,
silloin oli itsensä herra. Jere ja Taavi kuuntelivat silmät
pyöreinä. Minna otti topakkana heti pomon roolin. Pöljät
pojat järjestykseen!

Taavin oli pakko kokeilla viiltelyä, mutta ei siitä mitään
tullut, kun jo pienen punaisen verinaarmun näkeminen
alkoi pyörryttää. Taavi oli saanut kohtuulliset eväät
elämäänsä, normiperhe, insinööri-isä ja äiti myyjänä
paikallisessa vaateketjun liikkeessä. Taavi itse tavallinen
tattiainen, ei hän ulkonäöltään eronnut joukosta,
peruspärstä, perusmaukka. Hänen elämänsä mullistui, kun
vanhemmat kuolivat liikenneonnettomuudessa ja Taavi

peri heidän säästönsä - ja alkoi välittömästi tuhota niitä ryyppäämällä ankarasti ja perusteellisesti. Siihen jäivät koulut ja kaverit, eikä mitään tullut tilalle. Nyt hänestä tuntui mukavalle saada jännittäviä vieraita, karkureita, olutta ja siideriä paikat pullollaan. Elämään tuli vipinää, vihdoinkin jotain vaihtelua. Todella coolia!

Minna oli jämpti tyyppi, kaikesta huolimatta järjestyksen ystävä. Oli tulossa viikonloppu ja juomien oli riitettävä kolmeksi päiväksi.

- Siis perjantain, lauantain ja sunnuntain juomat on jääkaapissa eri hyllyillä. Tulkaa nyt katsomaan ja painakaa järjestys kalloonne, selosti Minna Jerelle ja Taaville käskevästi joka sanaa erikseen korostaen, koska pojat olivat jo kaulailemassa toisiaan siideripullojen pohjat taivasta kohti.
- Onko asia selvä? Juomien tarttee riittää jokaiselle päivälle. Ei niitä juoksukaljoja voi joka päivä hakea eikä niitä jaksa aina kantaa, perusteli Minna Taavin likaisen ruskean jääkaapin uutta, itse sommittelemaansa järjestystä.
- Ei noi mitenkään riitä koko viikonlopuks, kun meitähän on tässä kolme hirveän janoista tyyppiä niitä kittaamassa, yritti Jere vaisusti panna Minnalle vastaan, turhaan.
- Ai, onks nää perjantain oluet ylhäällä ja sit seuraavalla hyllyllä lauantain pullot ja sillai? kyseli jo selvästi humaltunut ja väsynyt Taavi, joka yritti

silmät sirrillään saada jotain tolkkua jääkaapin
järjestyksestä, ei koskaan aikaisemmin jääkaappi
ollut näyttänyt yhtä täydeltä ja siistiltä.

-   Joo, just niin ja muistakaa kans. Jos meette
    sotkemaan järjestyksen, saatte kyllä katua, uhkaili
    Minna ja sihautti jokaiselle uuden olutpullon.

Juopottelua, sopertelua, örinää, nukahtelua, sammumista,
heräilyä, juopottelua, nahinaa, tönimistä, riitelyä. Aikaa
kului, koitti yö.

Jere, joka oli porukan nuorin, jaksoi valvoa pisimpään. Hän
oli käynyt Outamossa salilla, nostellut painoja ja
punnertanut, siinä oli kunto kohonnut kohisten. Hänellä
oli muutoinkin urheilutaustaa, nyrkkeilyä pienestä pitäen,
kun isä oli vienyt hänet salille jo poikasena. Jere oli
hurahtanut isän harrastukseen heti, muskelit olivat
kasvaneet ja hiekan värinen tukka lähtenyt. Nyrkkeilijän
piti olla kalju, kaikki olivat. Kun hän oli 13-vuotiaana
karannut kotoa, hän oli äidin rahakätköstä varastamillaan
rahoilla ottanut kaljun ja kaulan täyteen tatuointeja. Jos
rahoja olisi ollut enemmän, olisi hänellä vielä enemmän
tatuointeja. Ne oli kovan jätkän merkkejä! Jere tiiraili
aamun sarastusta tillin tallin kuin tilhi.

-   Perkele, kuka on nyysinyt sunnuntain pullon?
    Nythän on lauantai, karjui Minna aamun valjettua
    totaalisen tokkuraisille Taaville ja Jerelle, kasvot

kiihtymyksestä laikukkaina ja silmät vihasta säkenöiden.

Minna kovisteli Taavia ja Jereä hereille läpsimällä heitä poskille ja potkimalla joka puolelle, kun eivät tuntuneet muuten heräävän.

- Mokomat juopot, nyt kerrotte heti, kuka helvetti on sekottanut hyvän järjestyksen! huusi Minna ja heitteli Taavin vähäisiä, jo muutoinkin huonokuntoisia huonekaluja ympäriinsä.
- En mä ainakaan. Nukkunu oon helvetin sikeesti koko yön, valehteli Jere silmät kirkkaan punaisina ja kaljun tatuoinnit kiiltäen, ei uskaltanut katsoa Minnaa silmiin.
- No sit sen tarttee olla toi saatanan tollo Taavi, taulapää! Eihän se meinannu tajuta yhtään mitään mun hienosta hyllysysteemistä, järkeili Minna yksioikoisesti, eikä muuta selitystä päähän päästänyt.
- En mä muista eilisestä mitään, kännissä olin ku apina. Ja eiks se nyt helvetti oo ihan se ja sama, missä järjestyksessä noi kaljat juodaan, sopersi Taavi nukuttuaan lattialla ja tultuaan kovajalkaisesti herätetyksi. Tuntui pää olevan turvoksissa potkuista ja juomista kuin lekalla olisi taottu ympäriinsä.
- Eihän sillä oo mitään vitun väliä, relaa ny vähän, kaikki me kuitenkin ryypätään, yritti Taavi vielä

puolustella noustessaan ylös, Oli tainnut yöllä
tulla housuihin, pakko mennä vaihtamaan farkut.

Oli sillä väliä, ainakin Minnan mielestä. Jos noin törkeästi
rikkoi selviä sääntöjä, oli ihan pakko rangaista ja kunnolla.

Kun muita keinoja ei Minna tuntenut, alkoi silmitön
pahoinpitely. Siihen oli Jeren osallistuttava mukisematta,
vaikka olikin aluksi hölmistynyt Minnan järkyttävän
voimakkaista ja väkivaltaisista otteista. Kohta Jere oli jo
innostunut täysillä mukaan. Taavia lyötiin, potkittiin,
kuristettiin, tökittiin ruuvimeisselillä, hakattiin vasaralla ja
pesäpallomailalla. Taavi rukoili armoa, kunnes hiljeni, meni
tajuttomaksi. Minna ja Jere olivat sokaistuneet
silmittömään väkivaltaan. Pääasia oli saada hakata ja
tuottaa tuskaa, kipua - ja paljon. Kun Taavin kunto alkoi
pysyvästi heiketä, haki Jere kattilalla jääkylmää vettä ja
viskasi Taavin päälle, jotta tämä virkoaisi. Sitten jatkui
pahoinpitely, jatkui ja jatkui. Minna ja Jere olivat
järjettömässä väkivallan hurmiossa.

Lopulta Taavi kuoli.

Jere kuristi hänet sähköjohdolla, siitäs sai! Minna ja Jere
raahasivat yhteisvoimin yösydännä pussilakanaan
kietaistun Taavin roskikseen. Raskas homma, mutta
ähisten ja puhisten onnistui. Pakko oli.

Minna kuurasi huoneiston lattian, siivosi paikkoja ja
asetteli huonokuntoiset, risaiset huonekalut joltisen
moiseen järjestykseen.

Kun poliisit saapuivat lauantain aamupäivänä yksiöön, ei
enää ollut väliä, minkä päivän oluita Minna ja Jere joivat.
Jääkaappi oli tyhjentynyt.

Tekninen tutkinta sujui rivakasti, asioiden kulku kävi
tutkijoille nopeasti selväksi. Syyllisyyskysymyksiä ei
tarvinnut erityisesti pohtia, Minna ja Jere myönsivät
pahoinpitelyt. Heidän tarkoituksenaan ei ollut surmata
Taavia, mutta jotenkin he olivat humalassaan joutuneet
synkkään ja tiheään, läpipääsemättömään aivosumuun.
Eivät he olleet ymmärtäneet, että Taavi todella kuolisi. Se
oli ollut oikeastaan vahinko, iso vahinko.

Oikeudenkäynti aloitettiin Minnan osalta, mutta Jere
selvisi ilman käräjiä, säikähdyksellä. Hän ei ollut
rikosoikeudellisessa vastuussa, ei vielä 15-vuotias.
Lastensuojelutoimet saivat jatkua, yhtä totaalisen
epäonnistuneina kuin siihenkin saakka.

Minna, jolla jo oli rikosrekisteri varkauksista ja ryöstöistä,
joutui mielentilatutkimukseen. Sen tekeminen kesti
kuukausia, huolellista työtä lääkäreiltä ja hoitajilta,
opettajilta ja läheisiltä. Selvittelivät lapsuusajan
kokemukset ja nuoruuden hairahdukset,
älykkyysosamäärän ja koulumenestyksen, yrittivät löytää

mielen pimeät pisteet. Olisi ollut Minnalla kaikki hyvän elämän mahdollisuudet, tasapainoinen koti, ei vikaa järjen juoksussa, kunnolliset kaverit ja harrastuksia. Sitten meni joku pieleen, alkoi itsensä viiltely ja muiden kiusaaminen. Minna nautti niistä, ympäristö menetti otteensa häneen, alkoi jyrkkä alamäki. Mielentilatutkimuksen mukaan Minna oli ymmärtänyt Taaviin kohdistuneen tekonsa erittäin hyvin, hän oli tiennyt syyllistyneensä tahalliseen ja raakaan rikokseen.

Oikeusistuimet katsoivat yksimielisesti ja lainvoimaisesti, että kyseessä oli pitkäkestoinen, raaka ja harkittu teko, murha. Minna tekijänä syyntakeinen ja täysi-ikäinen. Tuomioksi langetettiin elinkautinen vankeusrangaistus, ainoa mahdollinen seuraus täysi-ikäiselle.

Kahden vuoden kuluttua Minna laskettiin vankilasta ystävänsä Jeren hautajaisiin. Jere oli käynyt moikkaamassa Minnaa silloin tällöin vankilassa. Ei juttu luistanut. Yrittivät, mutta meni ylivoimaisen kankeaksi, tuntui turhalle. Mustia olivat muistot, vähäisiä muut puheenaiheet.

 Minna ei ymmärtänyt, miksi Jere oli hirttäytynyt. ♠

(Lohjan kihlakunnanoikeus, n. v 1981, Kät KH)

PIENI KRISTALLIPIKARI

Tämä on kertomus pienestä venäläisestä kristallipikarista,
jonka sain vanhemmiltani rippilahjaksi Pietarissa armon
vuonna 1915. Venäjä oli silloin keisarikunta, jossa
luokkaerot olivat valtaisat ja kasvoivat koko ajan. Keisarin
viittaa kantoi heikkona hallitsijana pidetty Nikolai II eli
Nikolai Aleksandrovitš, joka oli naimisissa saksalaisen
aatelisen prinsessa Aleksandra Fjodorovnan kanssa. Hän
puolestaan oli kuulemma kovinkin tarmokas ja korskea
puoliso, todellinen mahtinainen keisarin taustalla. Nikolai
II oli myös Suomen suuriruhtinas ja jonkun muun maan
kuningas, taisi olla Puolan.

Elimme todella epävarmoja aikoja, pelottava uhka leijui
mustana pilvenä kaikkialla. Ei tunnetta voinut kukaan
välttää. Yläluokkalaisten valtavien residenssien
naapurustoissa asui köyhääkin köyhempiä ryysyläisiä,
irtolaisia ja syrjäytyneitä, jotka jatkuvasti ja kovaäänisesti
uhkailivat rikkaita, heristelivät nyrkkiä ja syytivät solvauksia
riistosta ja sorrosta. Heitä oli paljon, paljon enemmän kuin
meitä suunnattoman varakkaita. Ja he olivat äänekkäitä,
röyhkeitä. Heitä pidettiin säälittävinä surkimuksina.
Meidän oli käsketty olla vastaamatta herjahuutoihin, katse

taivaaseen silmiä räpäyttämättä, korvat kllmii, ohi vain ja
nopeasti.

Asuimme silloin siis Pietarissa; isä, äiti ja viisi tytärtä.
Nimeni oli Feodora Ivanovitš. Olin sisaruskunnan nuorin,
hemmoteltu kuten kaikki tyttäret. Isämme oli maailman
hyväsydämisin ihminen ja me tyttäret saimme tuntea
olevamme hänen aarteitaan, prinsessoja. Elimme
yläluokkaisinta elämää, keisarin perhe oli meille tuttu ja
tanssiaiset keisarin palatsissa elämämme kohokohtia. Uusi,
ompelijalta tilattu värikäs silkkipuku jokaisiin tanssiaisiin,
uudet korut, tietysti aitoja jalokiviä, ei muita materiaaleja
silloin koruissa tunnettu. Meitä tyttäriä pidettiin varsin
sulokkaina eikä norsunluisissa tanssiaisviuhkoissamme
tainnut löytyä vapaita tansseja. Kuulemma
ruhtinasnuorukaiset jopa kilpailivat tanssivuoroista, mene
ja tiedä.

Olen jo vuosikymmeniä sitten siirtynyt pilven päälle
seuraamaan maallisia sattumuksia, joten kaikki muistot
eivät enää ole aivan kirkkaina mielessä. Aika kultaa
muistot, sanotaan.

Kuolemani kerrottiin tyttäreni tyttären tyttären eli Tarun
tyttärelle suloiselle, kiharatukkaiselle Nellille niin, että
enkelit tulivat hakemaan minut taivaaseen ja istun sen
jälkeen pilven päällä, iloisena jalkoja heiluttelen ja
tarkkailen lentokoneita, jos näkyisi tuttuja. Kun Nelli
viisivuotiaana pääsi ensimmäistä kertaa lentomatkalle, hän

halusi päästä istumaan ikkunan viereen etsimään silmillään minua - ei näkynyt, vaikka hän kuinka silmä kovana koko matkan tiiraili. Ei istuskellut muitakaan pilvien reunoilla. Johtopäätös oli yksiselitteinen, häntä oli huijattu ja hän julisti, ettei enää koskaan usko vanhempiensa juttuihin, satuja vain kertoilevat.

Mutta nythän minä loikkasin ajassa monia, monia vuosikymmeniä eteenpäin ja eksyin aivan harhapoluille. Siitä kristallipikaristahan minun piti kertoa. Sen kohtalon muistan vielä kuin eilisen päivän auringonpaisteen.

Rippikouluvuoteni eli vuoden 1915 jälkeen alkoivat siis ajat ja olot Venäjällä olla hyvin vaarallisia, pelottavia. Uumoiltiin työläisten väkivaltaista vallankumousta. Oli pakko salaa ja kuiskaten valmistella pakosuunnitelmia Suomeen. Joka päivä äiti ompeli koruja piiloon hameidemme saumoihin ja laskoksiin. Koruja oli paljon, ihanat kaulakäädyt piti pilkkoa pieniin osiin, rannerenkaat jouduttiin katkomaan ja kauniit tiarat olivat enää vain muistoissamme kokonaisina. Sormukset mahtuivat sellaisenaan ompeleisiin. Hameista ja alushameista tuli painavia ja me jouduimme harjoittelemaan kulkemista sulavasti, jotta emme tiukan paikan tullen jäisi kiinni jalokivien salakuljetuksesta.

Isä oli rautateillä jossain johtavassa asemassa, mutta meitä lapsia oli vannotettu, että jos joku tuli kysymään, niin piti sanoa silmät kirkkaina, että isä oli ihan tavallinen tehdastyöläinen. Noin piti valehdella kaikille riippumatta siitä, oliko kysyjä rääsyinen irtolainen vai ystäväksi tekeytynyt siististi pukeutunut ja silopartainen naapurikartanon asukas.

Meillä oli perheessä tapana ennen nukkumaanmenoa istua yhdessä iltaa salongissa, kuunnella klassista musiikkia, kiittää Jumalaa kuluneesta päivästä, toisistamme, rauhasta ja nauttia yömyssyksi pikkutilkka likööriä, kukin omasta kristallipikarista. Myös minä sain tipallisen likööriä, vaikka olin lapsista nuorin. Pikarit oli valmistettu Pietarissa Fabergéen käsityöpajassa, todella harvinaisuuksia, sillä lasiesineet eivät kuuluneet Fabergéen perusvalikoimaan, munan mallisiin koriste-esineisiin. Yhdessä rukoilimme iltaisin rauhan puolesta, olimmehan ortodokseja, hartaasti uskovaisia. Toivotimme toisillemme hyvää yötä ja Jumalan siunausta koko maailmalle.

Sitten yhtenä iltana, juuri tuon yhteisen rauhaisan iltahetken aikana tuli lähtö. Kävi käsky paeta heti, olivat löytyneet sopivat kontaktit. Jokaiselle yksi pieni laukku, siihen vikkelästi mitä kukin kerkesi ja halusi ottaa. Tärkeimmät tavarat oli jo varmuuden vuoksi aikaisemmin pakattu. Hipihiljaa rannalle, satamaan ja rekeen vällyjen ja turkisten alle. Hevonen piti peitellä valkoisilla lakanoilla näköesteeksi. Ja sitten yön selkään, meren yli jäätä myöten Suomenlahden poikki Suomen puolelle. Oli kylmä, jäätävän kylmä ja kaikkia pelotti, kestääkö jää, saadaanko meidät kiinni, jaksaako laiha ja väsynyt hevonen,

onnistuuko pako, otetaanko meidät vastaan Suomessa.
Paljon myöhemmin reessä istuessani huomasin ottaneeni
myös tuon pikkupikarin mukaan. Se oli vahinko, oli
hädissäni jäänyt käteen ja jotenkin luiskahtanut syvälle
turkkini taskuun.

Elettiin Venäjän vallankumouksen vuotta 1917. Keisari
syöstiin vallasta. Maa eli sekasorrossa. Vallankumous
toisensa jälkeen rikkoi loputkin rauhasta.

Sittemmin Suomessa kotiuduimme Lappeenrantaan
iloluontoisten ja ymmärtäväisten karjalaisten joukkoon.
Meidät otettiin lämpimästi vastaan - emmekä todella olleet
ainoat Venäjän pakolaiset. Puhuimme suomea, koska
äitimme oli suomalaissyntyinen. Venäjää saimme puhua
vain hiljaa kuiskaten, perheessä keskenämme, mutta
pikkuhiljaa siitä luovuimme.

Isä oli joutunut jäämään Venäjälle eikä häntä sen koommin
näkynyt. Ei kukaan hänestä saanut mitään tietoa. Äitimme
yritti monin eri tavoin saada yhteyden isään, viranomaisten
välityksin, epävirallisesti muiden pakolaisten ja järjestöjen
kontaktien avulla, mutta se osoittautui mahdottomaksi.
Vallankumous oli saanut hänet uhrikseen.

Elelimme äidin ja sisarusten kanssa turvallisen tuntuisessa
Suomessa. Pikkuhiljaa vähenivät jalokivet hameiden
saumoista, mutta säästäväisesti kun äiti rahaa käytti, ei
meillä ollut hätää. Äidin iso ikävä isästä vei lopulta hänen

voimansa, Lappeenrannan hautausmaa on hänen
viimeinen leposijansa.

Sisarukset muuttivat ajan saatossa kuka mihinkin, mutta
minä jäin Lappeenrantaan, tuohon mukavaan ja kauniiseen
karjalaiskaupunkiin. Avioiduttuani suomalaisen
miehenkörilään kanssa tuo mieheni, kultainen ja kiltti
Olaus otti usein iltaisin esille kristallipikarini, kiitti
elämästä, kuluneesta päivästä ja minusta - ja tarjoili
yömyssyksi makeaa likööriä tai punaista vermuttia.
Antiikkimyymälöistä hän oli hankkinut muutaman
kristallipikarin lisää, itselleen ja kahdelle tyttärellemme.
Mutta eivät ne kimaltaneet eivätkä soineet yhtä kauniisti
kuin omani, se oli aivan eri laatua, lasissa oli paljon lyijyä.
Usein ihastelin pikariani ja muistelin mennyttä, sattumia ja
kohtalon oikkuja. Ajatukset veivät muistoihin,
ihmeelliseen ja kaukaiseen elämään, tyystin erilaiseen.
Olivat ne ruhtinaallisia aikoja, vaikka nyt oli paljon
paremmin. Oli rauha vihdoin asettunut itsenäistyneeseen
Suomeen, oli kristallipikareille juhlavaa käyttöä.

Kun Olaus monta vuotta ennen minua noudettiin tänne
pilven päälle, annoin pikarin topakalle tyttärelleni Soilelle
muistoksi Olaus-isästään. Pikari muutti Soilen perheen
mukana rivakasti ympäri Suomea. Helsinkiin, Kuopioon,
Espooseen, Kotkaan, Vantaalle ja vaikka minne muualle.
En minä niitä kaikkia enää voi muistaa. Soilen mies oli
armeijan palveluksessa ja joutui muuttamaan usein
paikkakunnalta toiselle, perhe perässä tukka hulmuten.

Minusta tuntui, etteivät muutot olleet läheskään aina muiden perheenjäsenten mieleen. Pikari sai ajan myötä seurakseen muita kristalleja, siihen aikaan opeteltiin kodeissa juomaan viinejä. Ja tietysti täytyi hankkia sopivat lasit, ei viiniä voinut maitolasista juoda. Soilen perheen mukana pikkuinen kristallipikari sai kulkea satoja kilometrejä ympäri laajaa Suomen maata. Alkoi jo ikä painaa, ja jossain vaiheessa pikarin reunaan tuli pienen pieni särö, mutta se kai ei ollut suuri ihme tuollaisessa muuttojen melskeessä.

Kun sitten Soilekin vuosikymmenten jälkeen tuli seuraksemme tänne pilven päälle, periytyi kristallipikari säröineen hänen tyttärelleen Tarulle muun enemmän tai varsinkin vähemmän arvokkaan tavaran mukana. Pikaria säilytettiin vuosikymmenten ajan Tarun perheessä huolellisesti kaikkien muiden lasiesineiden kanssa, välillä näkyvästi vitriinissä ja välillä vähemmän näkyvästi keittiön kaapissa, ehkä joskus ylähyllyn takanurkassa. Ei se ilmeisesti käyttöön päässyt, oli liian pieni Tarun lempiviineille. Tuskin muu perhe edes tiesi pikkupikarin olemassaolosta.

Sitten elettiin vuotta 2016, jolloin Taru sai mielestään kuolemattoman ja loistavan älynväläyksen. Hän halusi antaa tuon antiikkisen perintöpikarin ensimmäiselle, juuri syntyneelle lapsenlapselleen Nellille ristiäislahjaksi ja arvokkaaksi muistoksi minusta, isoisomummi Feodorasta.

Muistatteko, tuon samalsen Nellin tulinkin jo aikaisemmin maininneeksi, kun hän lentokoneesta käsin turhaan etsiskeli minua pilvien päältä. Anteeksi, ajatukseni tuntuvat taas hyppivän sinne tänne. Voi, näin meillä ikäihmisillä tuppaa käymään, vielä pilven päälläkin.

Siispä Taru paketoi pikarin vaaleanpunaiseen, pumpulilla vuorattuun laatikkoon, iso tähtikuvioinen rusetti päälle ja korttiin sydämelliset onnentoivotukset. Myös minulta täältä pilvien päältä siihen kirjoitettiin viesti, kaunis ja tunteellinen. Korttiin Taru selosti värikkäästi pikarin pitkän, vaiherikkaan ja mutkikkaan matkan Venäjän Pietarista Suomen halki Helsinkiin. Jännittävä ja historiallisia tapahtumia täynnä oli se matka. Olin niin onnellinen huolellisesti ja taitavasti kuvatusta värikkäästä historiasta.

Koitti ristiäispäivä, isot juhlat, paljon vieraita, soitettiin varmaan sata kertaa Kari Tapion 'Olen suomalainen'. Vaaleanpunainen paketti rusetteineen pilkisteli pöydällä lahjaröykkiössä.

Juhlien jälkeen rättiväsyneinä Nellin vanhemmat pääsivät tutustumaan lahjapöydän runsaaseen ja ylelliseen antiin. Hämmennystä herätti vanha, käytetty ja säröinen kristallipikari. Pariton pikari ja sekin rikki. Nuoret ja ensimmäiselle lapselleen vain parasta suunnitelleet Nellin vanhemmat olivat nyreissään. Onnittelukortti tunnelmallisine viesteineen oli jo kauan sitten hävinnyt jonnekin käärepapereiden ryppyiseen joukkoon. Ei vanhempien päähän mahtunut ymmärrys tällaisesta lahjasta, sehän oli lähinnä outo ja sopimaton. Niinpä opettajapariskunta valtaisassa viisaudessaan äkkäsi sananlaskun 'sirpaleet tuovat onnea'.

Loistava idea, katse syvälle puolison silmiin, suu suppuun ja määrätietoisesti - mäiskis! Pikari oli autotallin seinässä sirpaleina, onnea tuomassa. Se oli sen pienen kristallipikarin loppu. Oli se saanutkin kulkea pitkän, yli satavuotisen matkan samassa suvussa, viiden sukupolven aikana, hellästi pidelty kädestä käteen ja suusta suuhun, tuonut onnen häivähdyksen, luonut lämmintä tunnelmaa, synnyttänyt toivoa ja kauniita ajatuksia, muistoja, murheitakin. Vienyt mietteet menneeseen, kauas jo kauan sitten edesmenneiden luo.

Pilven reunalla sydäntäni vihlaisi ikävästi.

Eivät ne sirpaleet onnea tuoneet, sillä jo ennen Nellin rippijuhlia hänen vanhempansa olivat unohtaneet papille antamansa lupauksen, halun rakastaa toisiaan.

Menivät kaikki jäljelle jääneet kristallit jakoon. ♠

VÄÄRIN KIITETTY

Harmaatukkainen Hilda köpötteli Mannerheimintietä
punaisella Ferrarillaan, rollaattorilla, ohi Lasipalatsin,
tähyili naureskellen sen yläkertaan ja siirtyi varmuuden
vuoksi kadun toiselle puolelle, Sokoksen tavaratalon
turvallisempaan huomaan. Ohikiitävät muistot
1960-luvulta eivät jättäneet rauhaan, vaikka kaikesta oli jo
yli 60 vuotta. Hildan iässä olisi ollut jo varaa hellittää ja
unohtaa ikävät asiat, varsinkin kun oli tapahtumiin syytön.
Hän seisahtui muistelemaan, tarkasteli nyt paikalla
sijaitsevaa ravintolaa, hypisteli helminauhaa, pyöritteli
sormuksia, korjasi kirkkaanpunaista huulipunaa ja suoristi
ryhtiään. Eteenpäin elävän mieli muistot mielessä!

-    Hilda-pieni, kun olet niin tehokas, voisitko tänään
     jäädä ylitöihin ja laskea näitä palkankorotuksia. En
     yksinkertaisesti itse jaksa, kun on tätä muutakin
     mietittävää niin kamalan paljon. Vielä olisi
     tuhansien tyyppien palkankorotukset laskettava
     ennen vuoden vaihdetta. Voisitko mitenkään?
     kyseli Hildan esimies Valpuri väsyneenä ja
     itkettyneenä, sytytti päivän ainakin
     kymmenennen savukkeen ja pakkasi tavaroitaan.

Valpurilla oli asiat huonosti, mies jäänyt kiinni
aviorikoksesta ja avioero tulossa. Ehkä kuitenkin ensin
asumusero mietiskelyä varten. Talo oli miehen nimissä,
Valpurilla ei ollut siihen osaa eikä arpaa - eikä kohta
kotiakaan. Lapset hän kyllä saisi pitää, elättää ja huolehtia.
Mies oli ilkeyttään alkanut epäillä isyyttään. Tappelua joka
nurkalla. Piti keskustella lakimiehen kanssa päivittäin, ei
tainnut olla kovin luotettava hänkään.

-       Joo, kyllä minä voin jäädä. Ei minulla ole mikään
        kiire kotiin, vastasi Hilda ilahtuneena, jatkoi
        kortistoon syventymistä ja laskukoneen
        pyörittämistä.

Joka päivä sama kysymys, sama vastaus, samat työt.
Palkankorotukset jokaisen postilaisen palkkakorttiin, käsin,
pieneen sarakkeeseen, lyijykynällä, huolella ja selvästi.

Hilda oli äänekkään riidan jälkeen saanut isältään luvan
mennä joululoman ajaksi kiirepulaiseksi Postin
palkanlaskentaosastolle, joka sijaitsi silloisen Bio Rex-talon
yläkerrassa. Pieni, savuinen ja tupakalle haiseva huone.
Ikkunat Sokoksen tavaratalolle päin, oma puinen, monta
viiltoa ja kaiverrusta kärsinyt pöytä huoneen sotkuisessa
nurkassa. Hildan isä oli vakaasti sitä mieltä, että koulu oli
koululaisen työtä ja lomat olivat vain lepoa varten.
Tarkoitus oli kerätä voimia koulun ponnistuksia varten.
Hildan olisi isän mielestä pitänyt keskittyä fysiikkaan ja
kemiaan, niitä tarvittiin kun lääkikseen aikoi.

Ei ollut mitään kiirettä riitaiseen kotiin, jossa isä jatkoi
motkottamista. Hilda jäi enemmän kuin mielellään
ylitöihin. Tuntipalkka nousi illalla roimasti ja rahaa säästyi
oman kodin perustamiseen. Kotoa lähtö oli selvänä
mielessä heti, kun Hildan rahatilanne sallisi. Viis
täysi-ikäisyyksistä, isä oli niin monta kertaa uhannut
heittää hänet pellolle, että kohta se päivä oikeasti koittaisi.
Mitenköhän suu sitten pantaisi?

Valpuri oli ohjeistanut Hildan laskemaan postilaisten
seuraavan vuoden palkankorotukset. Peruspalkkaan 4,7 %
korotus, vuosilisiin 1,8 % ja muihin mahdollisiin lisiin 0 %.
Jokaisella työntekijällä oli oma paksu pahvinen
palkkakortti, josta ilmeni palkan muodostuminen.
Lyijykynällä oli raapustettu kortit täyteen numeroita,
mutta kyllä niistä jotenkuten selvän sai. Kortteja oli monta
pahvilaatikollista, työntekijöitä kymmeniä tuhansia. Ei
Hildan pitänyt kaikkea yksin laskea, siihen tarkoitukseen
oli Valpurin lisäksi toisessa nurkassa Seija, joka laski
palkkoja huolella mutta verkkaiseen tahtiin.

Laskukone vaati hieman opiskelemista, se oli musta käsin
pyöritettävä, kovalla äänellä rutiseva kone. Ei tietokoneista
kukaan 1960-luvulla osannut uneksiakaan. Käsipelillä
uudet luvut palkkakortteihin, jotka sitten vietäisiin
maksatusosastolle. Hommiin vaan Hilda, eivät hommat
heti loppuisi! Pahvilaatikollisia täynnä henkilökortteja lojui
metritolkulla joka puolella työhuonetta.

Tiiraillessaan Lasipalatsin yläkertaan ei Hilda voinut välttyä vertailemasta tekniikan huimaa ja osin käsittämätöntä kehitystä. Mikä onni, kun sai olla sitä seuraamassa. Tukka hulmusi pelkistä ajatuksista. Nyt 2020-luvulla kaikki oli toisin, ja palkankorotukset hoidettiin sujuvasti parilla napautuksella koneellisesti esimerkiksi näin Hildan ironisessa mielessä, sujuvasti, täsmällisesti ja vikkelästi:

  Naps, pari prossaa duunareille.
  Naps, monta prossaa keskijohdolle.
  Naps, monta kymmentä prossaa pomoille.
  Valmista!

Hilda oli nopea töissään, tehokas ja innokas. Palkanlasku oli hänelle juuri sopiva homma, ei ryhmätöitä, ei neuvotteluja. Itsenäisesti ja täydellä vauhdilla, työ toi iloa ja onnistumisen tunteen. Nykyisin häntä kutsuttaisiin kympin tytöksi. Hildan kouluaikaan kymppi oli varattu opettajille tai jumalalle ja vasta yhdeksiköstä saivat oppilaat arvosanoja todistuksiin.

- Toisitko Hilda-kiltti pari korttia nähtäväksi, että voin varmistaa, oletko ymmärtänyt korotukset oikein? pyysi Valpuri ensimmäisenä päivänä Hildaa.

Hildan työn jälki ei ollut aina moitteetonta, mutta
vikkelään lopputulokseen sai sisältyä pari virhettäkin,
paljon meni oikein, valtaosa.

- Oikein on laskettu, käsialasi on oikein selvää ja
  kaunista. Selvempää kuin aikaisemmat
  söherrykset. Hyvää työtä, kiitos Hilda. Jatka vaan
  samaan malliin, kiitteli Valpuri ahkeraa alaistaan.

Valpuri joutui usein pyytämään Hildaa poistumaan
työpaikalta kesken työpäivän ulos kävelylle, jotta itse voisi
keskustella lakimiehensä kanssa. Poissaolosta ei palkkaa
pidätettäisi, sen Valpuri lupasi. Hän oli muutoinkin paljon
muissa ajatuksissa, raukan elämä oli suistunut päälaelleen.
Ja se näkyi, tukka oli takussa, silmien alla tummat pussit ja
iho kukki finnejä. Lapsista piti huolehtia, onneksi oli oma
työpaikka ja palkan maksajana varma työnantaja, Posti,
lähes Suomen valtio.

- Tänne on joskus tullut tämmöinen kiertokirje,
  jossa puhutaan palkoista. Oletko jo lukenut? kysyi
  Hilda Valpurilta työpöytäänsä raivatessaan.

Papereita oli järkyttävä määrä, kaikki sikin sokin, koska
aikaisemmin ei ollut kiireapulaisia saanut palkata eikä
kenelläkään ollut aikaa siivoilla ylimääräisiä pöytiä. Nyt oli
pakkotilanne ja kova kiire uusien palkkojen kanssa. Hilda
luki kirjeen. Sen sisältö kummastutti häntä, mutta eihän
asia hänelle kuulunut.

-    Joo, se on tuttua asiaa, pane roskiin vaan, vastasi
     Valpuri savupilven takaa.

Hilda näki jo untakin luvuista 4,7 %, 1,8 %, 0 %. Oikean
käden ranne rutisi kilpaa laskukoneen kanssa.

Hilda tutkiskeli jo hiljaisuudessa, isältään salaa
alivuokralaisasuntoja Helsingin keskustasta. Vaikka
työpesti oli lyhytaikainen, ylitöiden ja viikonlopun töiden
ansiosta Hildalle oli kertynyt sievoinen summa säästöön
omaa kotia varten. Alivuokralaisuus oli tuohon aikaan
yleinen asumismuoto koululaisten ja opiskelijoiden
keskuudessa. Keskikaupungin mummelit ottivat mielellään
asuinkumppaniksi maalta tulleita opiskelijoita, ei ollut
yksinäistä ja sukkien neulomisen ohella kertyi lesken
eläkkeen lisäksi mukavasti tuloja.

Pahvilaatikko toisensa jälkeen siirtyi Hildan käsistä
maksatukseen. Vuoden vaihteen koittaessa hänellä oli hyvä
mieli työnteostaan. Hän oli reippaasti ylittänyt työnantajan
toiveet, näin Valpuri monta kertaa ihasteli. Omien
ongelmien vuoksi Valpuri oli lähes työkyvytön ja Hildasta
oli mukava, kun voi olla tärkeällä hetkellä avuksi.

Päättäjäiskahveille saapui vuoden viimeisenä työpäivänä
henkilöstöjohtaja keltaisesta Postin päärakennuksesta,
Mannerheimintien toiselta puolelta. Monisanaiset kiitokset
joka puolella kahvilaa ja iloinen puheensorina täyttivät

tunnelman, kohottivat mielet ottamaan onnellisina uuden vuoden vastaan.

Henkilöstöjohtaja piti perinteisen uudenvuoden kiitospuheensa. Pontevasti ja lämmöllä. Hän oli suosittu, piti aina työntekijöiden puolta, oli avoin tiedottamisessa ja kohteli kaikkia oikeudenmukaisesti.

- Koko Postin kymmentuhantisen työntekijäjoukon puolesta minulla on ilo ja kunnia kiittää palkanlaskentaosastoa esimerkillisestä työpanoksesta. Olette ahkeroineet hiki hatussa, sanoisinko mieluummin hiki postinjakajan suikassa, ja saaneet valmiiksi uudet palkkamme ensi vuodelle. Kuten hyvin tiedetään, palkkatasomme on yleisesti ottaen varsin alhainen, mutta meillä on Postissa monia muita hyviä etuja työntekijöillemme. Palkanmaksaja on ainakin varma taho, rahat napsahtavat luotettavasti tilille ja työura on yleensä kiitettävän pitkä, jos se vain tyydyttää teitä, rakkaat työntekijämme. Valitettavasti palkat ovat jääneet yleisestä palkkakehityksestä jonkin verran jälkeen, vaikka neuvotteluissa tänäkin vuonna teimme varmuudella parhaamme, jotta olisimme yltäneet yleiselle palkankorotustasolle. Näin ei sitten kuitenkaan harmillista kyllä käynyt. Jouduimme tyytymään alhaisempiin palkankorotuksiin, kun lopulta päädyimme kaikkien hyvin tuntemaan

yrityskohtaiseen sopimukseen eli vain 1,8 %
korotukseen peruspalkkaan ja 0,7 % korotukseen
ikälisiin. Tiukkojen neuvottelujen johdosta
tiedote myöhästyi, siitä syvä pahoitteluni tässä
yhteydessä. Seuraavissa neuvotteluissa tähtäämme
tietenkin entistä pontevammin parempaan
lopputulokseen, sen lupaan. Meidän on
vastaisuudessa välttämätöntä saada yleiset,
valtakunnalliset korotukset eli 4,7 %ja 1,8 %, joista
nyt siis valitettavasti jäimme kauas. Ilman yleisiä
korotuksia emme muuten saa pidetyksi
ensiluokkaista työvoimaamme eli teitä, hyvät
postilaiset. Kiitos kaikille arvokkaasta
työpanoksestanne ja oikein onnellista uutta
vuotta!

Herranjestas, mikä katastrofi! Jokainen palkankorotus oli
väärä, joka ikinen, jokainen numero, jokainen summa.
Hilda etsi katseellaan Valpuria ja Seijaa. Veri pakeni
kasvoilta. Kesti kauan ennen kuin Hildan verenkierto
palasi elämää ylläpitävälle tasolle. Seija oli jo häipynyt.
Valpuri ei reagoinut kiitospuheeseen mitenkään, ajatteli
omiaan, huikkasi kädellään kohti ulko-ovea rientävälle
Hildalle, teki luuria merkitsevän eleen korvalleen osoittaen
toivovansa, että he pitäisivät vielä yhteyttä. Eivät pitäneet.

Ilta-Sanomat revitteli otsikoita vääristä palkanmaksuista
monena päivänä, Posti oli maksanut aivan liikaa
korotettuja palkkoja työntekijöilleen. Otsikot lyttäsivät

Postin luotettavuuden. Oliko tahallinen menettely, kun olivat maksaneet yleisen linjan isot korotukset, vaikkeivät olleet saaneet niitä yrityskohtaisella sopimuksella vaan huomattavasti alhaisemmat korotukset. Vaikutti tarkoitukselliselta virheeltä. Ilmeisesti mielenosoitus ja sabotaasi palkanmaksuosastolla. Ei kai mikään asiantunteva osasto voinut olla noin valtavan huolimaton. Törkeää, sopimatonta ison yrityksen palkanlaskennalta.

Posti ei antanut Ilta-Sanomille eikä muillekaan medioille haastattelua. Tuhansien, ehkä kymmenien tuhansien virheiden korjaus kestäisi kauan, aiheuttaisi valtaisaa sotkua ja maksaisi rahaa. Veronmaksajien kukkaro olisi kovilla.

Nyt Sokoksen edessä muisteleva Hilda ymmärsi hyvin Postin vaiteliaisuuden, hymähti ja jatkoi hiljalleen matkaansa.♠

TERHIN KAKSI KUOLEMAA

Terhi oli vaaleatukkainen, sinisilmäinen, siro ja
nauravainen, kuin Suomi-neito kauralyhde kädessä
Elovena-purkin kyljessä. Hän oli hyväntahtoinen ja kiltti
ihminen, vielä kuollessaankin. Maatessaan kuristettuna
omassa sängyssä, veren ympäröimänä, kädet ja jalat
sidottuina ikäänkuin kuristaminen sähköjohdolla ei olisi
riittänyt. Ei elämä kohdellut häntä koskaan
oikeudenmukaisesti, päinvastoin vaikka Terhi oli hyvä
kaikille, myös tappajalleen. Järven rannalla valkoisessa
tiilitalossa, punaisten ruusupenkkien takana oli idylli
ikuisiksi ajoiksi pirstaleina.

Ei kukaan ole väittänytkään, että elämä palkitsee hyvyyden,
kiltteyden, hyväntahtoisuuden tai on edes kohtuullisen
oikeudenmukainen.

Lapsuudessaan Terhi toki koki kaiken sen rakkauden,
jonka pieni voi saada osakseen. Hän syntyi yksinäisen
sulokkaan tanssijattaren lapseksi, mutta se ei suinkaan
luonut Terhin onnellista lapsuutta. Tai oikeastaan sehän
juuri loi sen, sillä tanssijatar oli jo kauan ennen lapsensa
syntymää päättänyt antaa lapsen pois, heti sairaalassa,
näkemättä, koskematta. Ja siitä alkoivat Terhin turvalliset

ajat muutoin lapsettoman, hyväntahtoisen ja
vaatimattoman kauppiaspariskunnan ainokaisena,
silmäteränä ja vaaleanpunaisena prinsessana. Terävä pää,
hyvät koulut ja oikeamieliset ystävät, turvallinen
kasvuympäristö pikkupaikkakunnalla. Terhi ei viihtynyt
peilin edessä, uppoutui mieluummin kirjoihin. Mikään ei
voinut mennä vikaan näillä hyvillä eväillä. Eikä näillä eväillä
mennytkään, vaikka sitten kaikki sortui.

Lapsuuden koti keskisessä Suomessa, puhtaan luonnon
keskellä ja jatko-opinnot sairaanhoitajaksi valmistivat
hyvälle elämän polulle. Hoivaaminen oli Terhin intohimo.
Hänhän oli perusystävällinen, hän oli tottunut lämpöön ja
myötäelämiseen. Hän imi tietoa, oli kiinnostunut
hoivaamisesta, psykologiasta, biologiasta, ravinto-opista,
alkoholin ja huumeiden vaaroista. Myös elämän
alkamisesta ja kuoleman olemuksesta, hyvästä kuolemasta.

- Eivät ainakaan meidän isi ja äiti tee mitään noin
  iljettävää, oli Terhi huudahtanut inhosta väristen
  saatuaan tietää, miten hedelmöitys ihmiseläinten
  kesken tapahtui.

Spontaani reaktio nauratti Terhiä kovasti vielä vuosien
varrella. Iljettävyys väistyi ajallaan.

Kun Terhi sitten nuoruuden kukkeudessa tapasi
opettajaksi opiskelevan komistuksen, tumman ja
kiharatukkaisen hujopin, oli tie avioliiton onnelliseen

satamaa viitoitettu. Näin myös Villen nuoressa ja
vilpittömässä mielessä selvät olivat sävelet. Ville oli viisas,
tiesi paljon asioita, oli kätevä käsistään ja Terhin mielestä
täysin täydellinen. Eikä Villen mielestä Terhiä
herttaisempaa ja hyväntahtoisempaa neitokaista maa
päällään kantanut - eikä tarvinnutkaan.

Ei jokaisen neitokaisen täydy olla missiluokkaa, pysyypä
paremmin näpeissä ja kotona, ajatteli Ville, joka aikansa
kuluksi piirteli omakotitaloa yhteisen onnen tyyssijaksi.

He riittivät toisilleen, lupasivat myötä- ja vastoinkäymisissä
kaiken tuen yhteiselämään ja ihmettelivät silmät suurina,
mistä ne semmoiset vastamäet oikein syntyivät. Terhi oli
onnellinen, tunsi itsensä riittävän hyväksi ja sopivaksi,
viisaan Villen imartelemana aika ajoin kauniiksikin. Se
riitti, hyvin riitti.

Myöhemmin toivotut työpaikat keskisen Suomen
maalaiskaupungissa takasivat kohtuullisen tulotason.
Tottakai heille syntyi kaksi lasta, tyttö ja poika. Tottakai, he
nauroivat, nyt puuttuivat enää koira, se vaaleanruskea
labbis ja kaupunkimaasturi. Sitten olisi suomalainen
unelma valmis, ainakin tilastollisesti.

Eivät he hankkineet koiraa, katumaasturia eivätkä
suomalaista unelmaa.

Terhi oli edennyt loikkauksin keskussairaalassa mielenterveysosaston hoitajien johtoon. Useista potilaista oli tullut hänelle läheisiä. Psykiatrisilla osastoilla hoitosuhteet olivat pitkäaikaisia, valitettavasti, sillä paraneminen - jos sellaista ollenkaan tapahtui - oli piinaavan hidasta. Moni potilas piti kovasti Terhistä ja päinvastoin, kiintymys oli vuosien saatossa kehittynyt molemminpuoliseksi lämmöksi.

Erityisesti skitsofreniasta kärsinyt keski-ikäinen Lassi, pystytukkainen ja silmälasipäinen tossukka edistyi Terhin hoidossa ihmeteltävän toiveikkaasti. Yhdessä he viettivät paljon aikaa, keskustelivat maailman asioista, Lassin olemattomista elämän eväistä ja epärealistisista toiveista. Lassi kevesi sydäntään synkän mustasta menneisyydestään ja sai voimia, ymmärrystä ja anteeksiantoa. He kävelivät usein leppoisasti ulkosalla, läheisissä vehreissä puistoissa ja tutustuivat innolla vasta rakennettuihin ryhmäkoteihin, joihin Lassi voisi muuttaa tervehtymisen edistyessä. Terhi tunsi voimakasta työn iloa ja mielihyvää, tekihän hän koko ajan hartiavoimin välttämätöntä ja tuloksellista hoitotyötä. Hän eli elämäänsä hyvillä mielin.

Eikä Villellä mennyt huonommin, hän oli pätevöitynyt rehtoriksi, opettajat olivat kuuliaisia ja innokkaita uusiin edistyksellisiin kokeiluihin. Oppilaat aiheuttivat hankaluuksia päivittäin, mutta niiden selvittämiseen opettajat olivat rutinoituneet ja kouluttautuneet, osasivat ojentaa. Mukulat järjestykseen, ilon ja luottamuksen kautta, oli ryhdikkään Villen motto.

Tässä tukeva ja tasainen betonipohja kaikelle, kunnes kaikki alkoi suistua kohti katastrofia. Oliko elämä liian tasaista, tylsää, helppoa tai pitkäpiimäistä, sitä on moni joutunut pohtimaan jälkikäteen.

Ville huomasi pikkuhiljaa, että hänellä oli vielä tunnepankin pohjalla käyttämättömiä, miltei homeisia tunteita, lämpimiä ja intiimejä, jotka pyytämättä ja tilaamatta pyrkivät pintaan. Oli vielä tulisiakin tunteita jäljellä, kipinät sinkoilivat, halusivat syttyä tuleen.

Ville jäi kotona yhä useammin kiinni epämääräisestä söperryksestä, kiertelyistä ja kaarteluista, suorastaan valheista. Ihmismielen asiantuntijana Terhin ei ollut vaikea vetää suoraviivaisia johtopäätöksiä Villen ajankäytöstä ja tunnetiloista. Opettajakollega, kuvankaunis, rypytön ja kurvikas Saija ja Ville olivat hullaantuneet toisiinsa.

Perheelliset kansankynttilät tekivät syntiä minkä kerkesivät. Välillä piti jopa päivällä hyppytuntien aikana lähteä kutemaan. Viikonloppuina muka jatkokursseja, jassoo missähän aineessa. Olipa yhtäkkiä paljon opiskeltavaa. -

 - Ettäs kehtaavat, puuskahteli Terhi itsekseen ja niiskutti nenäliinat märiksi.

Terhi alkoi tuntea pohjatonta katkeruutta, pettymystä, vihaa, häpeää. Hänen Villensä, jolle hän oli uskonut koko elämänsä. Ei voinut olla totta, mutta oli. Kauneus, ulkoinen viehätysvoima - sillä saralla Terhi ei voinut kilpailla. Sekö oli sokaissut Villen vai uudet riettaat asennot. Vastenmielistä ajatellakin. Terhi oli aseeton, hän ei voinut antaa anteeksi tällaista kavaluutta ja petollisuutta. Ei, ei. Häntä oli loukattu, koko elämä petosta, viemäriin muiden biojätteiden sekaan.

Pikkuhiljaa valkeni, että koko lähipiiri oli tietoinen romanssista, koulu, opettajat, lukuisat ystävät, naapurit tietysti. Olivat tienneet jo kauan ennen Terhiä, sehän kuului kuvioihin.

Sitten tuli tyhjyys, välinpitämättömyys. Sydän lakkasi tuntemasta mitään, se kuoli hylättynä ja runneltuna. Tuska tuhosi tunteet. Kuollut sydän oli kuollut, pumppasi vain hiljakseen verta. Kauanko jaksaisi, jo väsytti.

Mutta kun Terhillä ei ollut omasta, yliherkästä mielestään itselläänkään vitivalkoinen omatunto, oli paras pitää suu supussa. Ei hän ollut mitään muuta väärää tehnyt kuin saanut Lassista ystävän, sydämelle ystävän. Hän oli edennyt Lassin hoitamisessa niin, että Villen saadessa uusia oppeja viikonloppujen aikana Saijan kanssa poissa kotoa, Lassi sai välillä vuorostaan harjoitella itsenäistä elämää Terhin kanssa tämän kotona valkoisessa omakotitalossa. Ei varmaan olisi saanut sellaista sallia, eivät pykälät olisi hyväksyneet näin tiivistä hoitosuhdetta. Epäviisasta ja ajattelematonta Terhiltä, jälkikäteen helppo arvostella.

- En minä voi Lassista ja meidän ystävyydestä Villelle hiiskua, on se niin omassa hurmoksessaan. Ei kuitenkaan ymmärrä platonista suhdetta, on niin oman vehkeensä vietävissä, pohti Terhi yksin ääneen ja suunnitteli ottavansa pitkästä aikaa yhteyden kouluaikojen ystäviinsä saadakseen lohdutusta, neuvoja, apua sydänkipuihinsa.

Naapurit siinä sivussa - raadollisia ihmisiä - seurasivat uteliaina vilkkaita vahdinvaihtoja valkoisessa tiilitalossa. He eivät tienneet taustoja eivätkä olisi niitä uskoneet. Eivät yrityksistä huolimatta nähneet asuntoon sisälle, pirskatti! Vetivät omat yksioikoiset ja varmat, harvinaisen väärät ja ilkeämieliset johtopäätöksensä.

*

Harvoin Terhi kävi tuulettumassa ikiaikaisten ystäviensä luona pääkaupungissa. Jo alle 10-vuotiaina olivat ystävyyssuhteet syntyneet, koulu oli yhdistänyt, maailma sitten erottanut. Onneksi pitivät yhteyttä, silloin tällöin ja epäsäännöllisesti. Ruuhkavuodet jokaisella, erilaiset, yhtä hektiset, yhtä pikaisesti ohi kiitävät.

Odotus oli täyttymässä, pitkästä aikaa kouluaikaiset sydänystävät koolla Helsingin Kaivopuistossa terassilla,

nauttimassa kesästä, toisistaan, elämästä. Meri edessä,
saaret meren ääressä vastaanottamassa kaiut iloisesta
rupattelusta, naurun remahduksista. Purjeveneet hiljalleen
raukeasti ja ylhäisesti saarten ohi lipuen, mahtaillen.
Aurinko, pilvetön taivas ja skumppalasit. Edes lokkien
kirkuna ei häirinnyt. Terassi täynnä iloisia nautiskelijoita,
oli lapsiperheitä jäätelöllä suunnattomasta valikoimasta
kinastellen, oli harmaahapsia katkarapuleivät ja rose-viinit
edessään ja kukalliset servietit somasti sylissä,
kravattimiehet geelitukassaan pikaisilla keskipäivän olusilla.

Ja nyt vallan erityinen tilaisuus käsillä, oli pääkaupunkiin
poikennut myös Terhi. Harvinainen ja tärkeä vieras,
odotettu ja ikävöity. Kaikkien sielut odotusta ja onnea
pullollaan.

Liisalla, Päivillä ja Katilla oli muulloinkin tapana istua
yhdessä, päivittää elämän moninaiset käänteet
skumppalasin ääressä ja muistella menneitä. He asuivat
kaikki sivistyksen keskellä, pääkaupungissa.
Vuosikymmenten ystävyys oli säilynyt rikkumatta, aina
luottamus ja turvallinen olo kaikilla. Terhi vain oli elämän
odottamattomissa mutkissa, Villen ja hoitoalan
työpaikkansa seurauksena jäänyt asumaan kauas
pääkaupunkiseudulta, kävi harvakseltaan kotoaan
kauempana. Nyt oli ihana kuulla mitä kuului - erityisesti
Terhille, harvinaislaatuiselle vieraalle.

- Voi että on mahtavaa, kun ollaan kaikki koolla. Ja
  tällainen maailman kaunein päivä. Kippis sille,
  ihanat ystävät! Kerropa nyt Terhi ihmeessä mitä
  sinulle, lapsillesi ja ukkokullallesi kuuluu, ihan
  kaikille siis, avasi Kati jutustelun tuttuun tyyliinsä.

Kati oli opiskellut yliopistossa kirjallisuutta, suomea ja
kaikkea siihen liittyvää, Karjalan kielihistoriaakin. Toimi jo
useita vuosia opettajana arvostetussa yksityiskoulussa. Oli
rutinoitunut, halukas ja reipas puhuja. Yksineläjänä myös
tottunut selväsanaisuuteen, ei ollut vastaväittäjää.
Kelpasivat vain design-vaatteet, hyvät kampaajat lyhyelle
punaiselle tukalle ja ensiluokkaiset manikyristit kynsiä
hoitamaan.

- No kiitosta vaan, tosi kiva päästä vihdoin vähän
  tuulettamaan. Onhan sille ollut jo pitkään
  tarvetta. Pois sieltä kotiympyröistä. Ja kiitos
  kysymästä, onhan tässä ollut kauheasti
  kaikenlaista..., yritti Terhi koota ajatuksia merelle
  tähyten, kauas vastakkaiselle pienelle saarelle,
  lainehtivan meren tuolle puolelle.
- Juu, niinhän tässä maailmassa. Kaikenlaista tähän
  mahtuu. Minullakin on tällä hetkellä niin hirveästi
  töitä, ettei sekaan sovi. Meillä päiväkodissa lasten
  vanhemmat on tulleet hulluiksi, ympäri
  vuorokauden pitäisi olla vastaamassa mitä
  kummallisimpiin valituksiin ja toiveisiin, jatkoi
  Liisa, persoonallinen poninhäntäinen ja värikäs

pullero, syli aina avoinna pikkuiselle. Maistuivat
herkut ja hyvät juomat, oli nauru herkässä.

Liisa oli vihdoinkin pätevöitynyt monen etupäässä
nautiskeluun ja osakuntaelämään keskittyneen
opiskeluvuoden jälkeen. Saanut vakipaikan suuressa
monenkirjavassa päiväkodissa keskellä Helsinkiä. Mies
varhaiseläkkeellä ja mukulat maailmalla.

- Välillä oikein panee miettimään, miten eri
  suuntiin samoilta koulun penkeiltä ponnistetaan
  ja pinnistetään. Kyllä elämä kaikkia heittelee,
  välillä rajusti päin seiniä ja ilman kypärää, pohti
  Kati.
- Kun kerran kysyitte, niin minut on nyt nakitettu
  vähän niinkuin pomohommiin, hoitajien
  esimieheksi..., aloitti Terhi ja pyöritteli kädessään
  skumppalasia, joka tyhjeni kovaa kyytiä.
- Oi miten hienoa, onnea Terhi! Minuakin kerran
  yritettiin pomohommeleihin, mutta en
  yksinkertaisesti uskaltanut. Meillä toimistossa on
  niin paljon kestohankalia naisia ja erilaisia
  viheliäisiä kuppikuntia, ettei siinä porukassa
  pomona olisi voinut onnistua muussa kuin
  harmaiden hiusten kasvattamisessa. Miten olet
  pärjännyt? uteli Päivi ja kaatoi kaikille lisää
  helmeilevää.

Päivi, joukon tummatukkainen ja helmihampainen
kaunotar, tienasi vakaan ja kohtuullisen leipänsä valtion
leppoisassa virastossa, eleli mukavasti miesystävänsä kanssa
paratiisiliitossa. Vain viikonloput yhdessä ja loput ajat
omassa rauhassa, poissa toisen jaloista - aika paljon myös
poissa mielestä. Elämä kutsui, eihän nyt kannattanut
paikoilleen jämähtää. Kertakäyttöinen tämä elämä kaikille
oli.

-   Näin me maailman tyrskyisillä laineilla kellutaan,
    yhdessä eri tahtiin ja eri suuntiin. Minullakin on
    muuten kaikki kunnossa, paikat ja tavarat ookoo,
    mutta vähän tuo ukkokulta harmittaa. Ei siitä
    apua ole oikein mihinkään, lehteä lukee aamusta
    iltaan ja urheilua töllöttää. Ei saa ruuvimeisseliä
    käteen, kun selkää kolottaa tai niska on jumissa.
    jos huonekaluja pitäisi siirtää, silloin putoilee
    tauluja ja seiniä kaatuu, ainakin melkein, valitti
    vuorostaan Liisa, jolla oli juuri kodin uusi ilme
    hakusessa.

Liisan mies oli pätevöitynyt tutkijana ja usein vähän omissa
oloissaan. Syy vai seuraus - mene ja tiedä. Ei homssuinen
Liisa jaksanut kiinnittää itseensä paljon huomiota. Oli
maailma niin avara, piti seurata kansainvälisiä tapahtumia.
Joka puolella tapahtui kaikkea pahaa, omassa
päiväkodissakin koulukiusaamista, ympäri maailmaa sotia
ja väkivaltaa, murhia ja muita rikoksia.

- Niin, kyllä meilla Villen kanssa elämä on urautunut muutoin aika mukavaksi siellä periferiassa, mutta viime aikoina olen joutunut vähän ajattelemaan, josko hänellä on joku toinen. On niin paljon poissa ja ..., yritti Terhi taas.
- Oi sorry, täällä netissä 'Naura vaan'-sivustolla on pari tosi mageeta vitsiä. Ihan pakko lukea, kuunnelkaa, kikatteli Päivi, jolla oli aina kännykkä iskuvalmiina. Kilahtelut tuttua taustamusiikkia.
- Voi hitsi noita kakaroita, eikös ne voi lopettaa tota hirveää kinastelua, tuskaili Kati ja kävi hakemassa lisää pullollisen ilolientä.
- No just Terhi, samaa valitti juuri viime viikolla yksi oikein kiva työkaveri. Mikähän niitä miehiä oikein tässä iässä ja ajassa vaivaa. Meilläkin päiväkodissa näkee välillä selvästi, kun lapset joutuu kärsimään vanhempien villeistä seikkailuista. Ei ilman kyyneliä voi seurata sivusta vanhempien riitoja ja valheita, se heijastuu monessa, jatkoi Liisa.
- Joo, meilläkin toimistolla oli semmoinen salattu romanssi esihenkilön ja kanslistin kesken, että piti välillä pitää silmät ja korvat kiinni niiltä lepertelyiltä, yäk. Ei ne muita nähny kuin itsensä, tuskaili Päivi.

Puhuivat paljon, kukin omia asioitaan, sanat ja lauseet eksyivät toisten päälle, sanottavaa oli liikaa. Pakko saada mietteet mielestä, puhuminen terapiaksi, paha mieli

maailmalle, pois sydämestä, meren laineille kauas
valtamerten taakse kellumaan. Valaistunut ja helpottunut
olo tilalle. Välillä yhteisiä naurun aiheita, riemullista
muistelua ja yhteisten kokemusten selaamista.

Unohtuivat korvat, joilla kuulla.

- Mutta onneksi olen saanut aika hyviä
  hoitotuloksia yhden skitsofreniapotilaan, Lassin
  kanssa, kun....
- Tää on niin tuttua. Kun saa lapsiin kontaktin ja
  keskusteluyhteyden, niin se palkitsee todella.
  Lapset avautuu enemmän kuin vanhemmilleen,
  tarve on iso. Joskus on hirveän hankalaa niiden
  maahanmuuttajien kanssa, pakko tunnustaa. Eikä
  tästä ongelmasta saisi edes puhua, puhui Liisa
  kuitenkin.
- Terhi hei, eikös noi mentaalipotilaat voi olla vähän
  vaarallisia? Lehdistä saa lukea, miten laitospaikkoja
  koko ajan vähennetään huimasti ja määrärahoja
  supistetaan olemattomiin. Avohoidossa on
  kauhean paljon skitsoja tyyppejä. Kaduilla niitä
  pyörii joka puolella, välillä pelottaa. Etkös sä tee
  aika vaarallista työtä? uteli Kati.

Pään nyökyttelyyn ja Katin kysymyksiin yhtyivät kaikki,
myötätuntoisina ja uteliaina. Hetki hiljaista muminaa
omien mietteiden säestykseen.

- No, ei siinä sen suuremmat riskit ole, jos lääkitys
on kunnossa. On Lassilla aika rankka menneisyys,
mutta meillä on oikein luottamukselliset ja
rehelliset, tosi hyvät hoidolliset välit. Olen hyvin
toiveikas ja uskon hänen pärjäävän yksin...
- Mutta voihan sentää, kun aika rientää. Apua! Nyt
on pakko jatkaa matkaa, olihan taas ihana tavata ja
keventää mieltä. Kiva kuulla, että Terhillä on
kaikki hyvin hanskassa ja mallikkaasti menee. Jatka
vaan samaan malliin. Ja muille kans kiitokset
mukavasta seurasta ja kohta tavataan uudestaan
skumpan merkeissä. Silloin ei taida kyllä olla Terhi
mukana, voi harmi. Kävisit useammin täällä! No,
heippa hei rakkaat, toivotti Kati ja liihotti
Lacoste-käsilaukku heiluen läheiselle
raitiovaunupysäkille.

Ystävykset voimaantuneina ja uutisista virkistäytyneinä
jatkoivat matkaa, puuhastelivat päivän moninaisia
askareita, eri suunnissa, eri miettein, pää pullollaan vain
itseä ja omia, tuiki tärkeitä asioita.

*

Terhin palattua Helsingistä takaisin tuttuun
työympäristöön hän sai havaita, että osastolle oli nimitetty
uusi ylilääkäri, nuori ja innokas. Fiksu, oli toden teolla
ryhtynyt perehtymään potilasasiakirjoihin, paksuihin
pölyisiin kansioihin. Yllättäviä asioita ilmaantui, oli pakko

keskustella Terhin kanssa vakavasti. Tuli esille Lassin rikoshistoria, eikä se mikään kevyt ollutkaan. Oli Lassi reippaasti kaunistellut tekosiaan. Kerrostaloasunnon polttaminen ja samassa yhteydessä naisystävän surman yritys, pari tuntemattoman ryöstöä veitsen kanssa, toistunutta lähisuhdeväkivaltaa. Ylilääkäri vaati, että Terhin tuli välittömästi ottaa Lassiin etäisyyttä, se oli ehdoton pakko, ei mikään laimea suositus. Sairaala ei voinut ottaa riskiä, että Terhi joutuisi pinimpäänkään vaaraan. Lassi oli epäluotettava, epävakaa, eikä ylilääkäri uskonut lääkkeellisen edistymisen poistaneen taipumusta väkivaltaan.

Toki Terhi ymmärsi vaaran, oli pakko pyrkiä etääntymään, mutta se tulisi tehdä hienovaraisesti ja pikkuhiljaa. Ei saanut tuhota hyviä hoitotuloksia. Eritoten kun Lassin tunteet olivat villisti laukanneet päinvastaiseen suuntaan ja saavuttaneet jo läheisriippuvuuden määrätietoiset ensiaskeleet.

Pillerit lensivät lattialle, tuoli ja pieni pöytä ikkunaan. Lassin käytös muuttui uhkaavaksi, kun hän sai tietää sairaalan vaativan hänen ja Terhin keskinäisen hoitosuhteen lopettamista. Lassi uhosi Terhille, että oli hän tappanut aikaisemminkin ja voisi tehdä sen uudestaan, jos pakko olisi. Pullisteli muskeleitaan ja korotti ääntään. Terhi tiesi, että ei Lassi ketään ollut tappanut, ehkä vain kerran surkeasti epäonnistuen yrittänyt. Mahtaili vain, onneton. Lassi oli pohjimmiltaan kuin pehmonalle, pelkuri ja heikko ihminen. Ei haukkuva koira pure, ajatteli Terhi eikä hiiskunut Lassin uhkailuista kenellekään.

Terhi mietti, että hänelle oli se ja sama miten hänen kävisi, lapset olivat jo aikuisia, Ville kaunottarensa kainalossa eikä hänelle itselle näkyvissä elämäniloa miltään ilmansuunnalta. Nyt vietäisiin ainoa ystäväkin, Lassi. Todella ainoa, sillä Terhin kouluaikaiset ystävät olivat hänen mielestään valitettavan vieraantuneita, oma tärkeä elämä täystyöllisti heidän maailmansa. Hukuttautuminen oli käynyt mielessä, toistuvasti. Se oli tutkittujen tietojen mukaan euforinen kokemus. Pitäisiköhän kokeilla...

Seuraavana sunnuntaina Terhi löydettiin kotoaan kuolleena. Erilaista kiduttamista, eri välineitä, pitkäkestoista, julmaa ja väkivaltaista, lopulta kuristaminen.

Pääkaupungissa Päivi luki iltapäivälehden nettiuutisista henkirikoksesta, jonka kohteena oli keskisessä Suomessa toiminut mentaaliosaston ylihoitaja. Ikä ja kotikunta stemmasivat. Toimelias ystävätär, aina kännykkä kädessä, pirautti lehtiuutisen luettuaan konstaapeliystävälleen, joka oli hänelle palveluksen velkaa.

-      Oliko uhri Terhi?

Hetken kuluttua soi kännykkä, konstaapeli ei puhunut mitään, oli ihan hiljaa, oli pitkään hiljaa. Päivikin oli hiljaa,

pitkään, ymmärsi sanattoman viestin, sai itkultaan vaivoin
kiitetyksi tiedosta. Itkivät yhdessä Katin Ja Liisan kanssa.

Näin oli Terhi menehtynyt raa'an henkirikoksen
seurauksena. Vasta pari viikkoa sitten olivat ystävät
tavanneet Kaivopuistossa ja päivittäneet kuulumiset
iloisissa merkeissä, eikä Terhi ollut ongelmistaan mitään
hiiskunut - vai oliko?

*

Lassi pidätettiin ja vangittiin välittömästi, tottakai.
Skitsofrenia oli sekoittanut taas pään, motiivina
mustasukkaisuus, väkivaltainen rikostausta, pelko
hoitosuhteen riistämisestä ja lopettamisesta. Lassi oli ollut
sunnuntain vapaalla, ei uskottavaa alibia. Hän sekoili
kertomuksissaan, mutta kiisti alusta alkaen jyrkästi
syyllistyneensä mihinkään muuhun kuin suulliseen
uhkailuun. Terhi, ainoa ihminen, joka halusi ja osasi häntä
auttaa. Hullu, mieletön ajatus tappaa hänet, ainoa ystävä ja
ymmärtäjä maan päällä. Ei, Lassi oli syytön! Varmasti!

Lassia ei päästetty putkasta kuulemaan, kun Ville piti
hautajaisissa kauniin ja tunteikkaan muistopuheen
kyynelehtien vuolaasti järkyttyneen suruväen edessä. Terhi
oli ollut hyvä ja kiltti ihminen, auttavainen ja
uhrautuvainen, onnellinen ja lempeä aviovaimo ja äiti
onnellisessa avioliitossa.

Esitutkinta eteni rivakasti, mutta paikalliset poliisit törmäsivät toistuviin ongelmiin. Tuntui, että kaikki ei ollut kohdillaan tässä pläkkiselvässä tapauksessa. Oikeastaan mikään ei täsmännyt. Lassi oli ilmeisesti onnistunut taitavasti sotkemaan kaikki jälkensä, ei löytynyt hänen sormenjälkiään, ei vertaan eikä hänen geeneihinsä viittaavia jälkiä. Joka paikka oli täynnä Terhin perheen jälkiä, olihan rikoksen tekopaikka heidän kotinsa. Ville auttoi poliiseja auliisti. Paikallispoliisit raapivat päätään ja olivat harmissaan, kun tuntui Lassi vaikeuttavan ja pitkittävän tutkintaa, ei suostunut tunnustamaan. Salassa, betoniseinien sisällä käytettiin tutkinnassa keinoja, joista ei puhuttu muille. Ei auttanut. Lassin vapauden menetystä jatkettiin, monta viikkoa kului betonisessa putkassa.

Oli pakko siirtää tutkinta Keskusrikospoliisille. Heille ei tuottanut ongelmia ratkaista tämä henkirikos, helppo tekninen tutkinta ja kiistaton lopputulos. Intohimorikos. Lassi vapaaksi takaisin hoitolaitokseen, hän oli syytön. Tekijä telkien taakse, Ville, sureva aviomies.

Muutaman kuukauden kuluttua tuli tuomio paikallisesta käräjäoikeudesta, Villelle elinkautinen.

Ystävälliset ja tarkkasilmäiset naapurit, jotka eivät mistään mitään tienneet, olivat lauantain yhteisessä, rennossa ja oluen huuruisessa saunaillassa kertoneet Villelle, että hän oli ollut jo pitkään aisankannattaja. Naapureiden varmojen tietojen ja havaintojen mukaan Villellä oli ollut ahkera ja

innokas tuuraaja Terhin pedissä lähes aina, kun Villen silmä
vältti.

- Mikä nöyryytys ja petollisuus, häpeä ja kodin
  häväistys! Kaikkien tiedossa! Tämä oli törkeyden
  huippu, ei todellakaan saisi toistua! Villen päässä
  räjähti, hän kyllä opettaisi Terhille tapoja.

Poliisitutkinnassa rakastajatar Saija oli pitkään ja
sinnikkäästi antanut Villelle alibin yhteisestä viikonlopun
vietosta, joka oli kuitenkin pikkuhiljaa sortunut omiin
ristiriitaisuuksiin. Kun vielä poliisit olivat selostaneet, että
väärästä valasta rapsahti automaattisesti ehdoton
kuukausien mittainen vankeus, oli totuus tullut esille. Ei
alibia Villelle.

Ja yksiselitteinen tekninen näyttö oli lopuksi lyönyt
viimeisen naulan Villen vankeuden arkkuun. Tuomiota ei
tarvinnut pohtia oikeudessa pitkään, murhasta kun saattoi
tuomita vain elinkautisen.

Villellä ei ollut muistijälkiä teostaan. Hän oli joutunut
täydelliseen psykoosiin, käsittämättömään tunnetilaan, ei
ymmärtänyt mitä oli ollut tekemässä, todellisuuden taju oli
kadonnut täysin. Ei muisti palautunut, vaikka sitä yritettiin
ennallistaa eri keinoin, hypnoosinkin avulla. Ville piti koko
loppuelämänsä itseään ehdottoman syyttömänä
veritekoon. Siitä huolimatta ja täydellä varmuudella Ville

oli yksin syyllinen Terhin kahteen eri kuolemaan, sydämen ja ihmisen kuolemaan.

*

Ei tullut Terhi seuraavaan ystävättärien murheelliseen skumppatapaamiseen. Liisa, Päivi ja Kati muistelivat rakkaudella Terhiä, hiljaista mutta ihanaa, vaatimatonta ja empaattista ystäväänsä.

Vuosien vieriessä he kävivät usein yhdessä, käsi kädessä Terhin haudalla - juttelemassa Terhin kanssa. Pyysivät anteeksi, toistamiseen ja sydämen pohjasta.

Huono omatunto vaivasi ystävättäriä, ei jättänyt rauhaan. Olivat hukuttaneet Terhin omiin, jonninjoutaviin höpötyksiinsä. Kuinka olivat voineet olla niin kuuroja ja tyhmiä, itsekkäitä penteleitä. Ehkäpä koko ystävyyden ajan. Kuunteleminen ei voinut olla vaikeaa, vain kuulemista. Kuuntelemalla kaikki olisi varmasti mennyt toisin, Terhi olisi vielä täällä. Taakka harteilla oli tonnin painoinen.

Mutta Terhi antoi anteeksi. Joka kerta ja kaikille, sehän oli hänen luontonsa. Mikään ei olisi voinut mennä toisin, mikään ei olisi auttanut eikä muuttanut hänen kohtaloaan. Se mikä oli kirjoitettu, oli kirjoitettu ja se oli tapahtuva. ♠

Kiitokseni

Elina Seikku, kiitos kaikesta. Ilman neuvojasi, kannustustasi ja oivalluksiasi ei mistään olisi tullut mitään - vähiten tästä kirjasta. Erityisesti kirjoittamisen ilosta kiitän.

Tomi Kuusisto, kiitos teknisestä asiantuntemuksestasi. Ilman apuasi ei olisi tätä kirjaa.

Läheisiäni kiitän, että kaikki olette lähelläni. Jukka ja Meri, ihailen kärsivällisyyttänne.

Rakkaat ystäväni Marja, Riitta, Päivi, Tuija, Ulla, Mimmi, Tapio, Tarja, Anne, Riksu, Kerstin, Nanny, Silja, Pirjo, Yrjö, Pirjo-Riitta, Liisa, Vappu, Kaisa, Tomi, Ohmero, Leena, Pipa, Helka, Esko, Eve, Klasu ja sinä ja sinä ja sinä. Mittaamattomat kiitokseni ylenpalttisesta ja rohkaisevasta palautteestanne.

Hangossa, 20.1.2025
Kirsti